非典型戀人養成法

Character File

Che Lin

念念不忘個屁！他那晚除了吐，
跟吐，還有吐以外，其他什麼都沒做！

沒什麼知名度的二流男演員

有抱負但沒有機運，因而有點自卑

Cultivation Method of Atypical Lover

非典型戀人養成法

Character File

Fu Yi Dong

你眼光太樸素了。我還是覺得
剛才黃色的那套好看，還有金線刺繡。

董傅奕

39歲

員工人數上百人的電子公司老闆

審美品味壞死，喜歡穿花色詭異的西服

//////

Cultivation Method of Atypical Lover

非典型戀人養成法

Cultivation Method of Atypical Lover

Presented by
OUKU and MN

へンな恋人の育て方

【董傅奕╳林 澈】

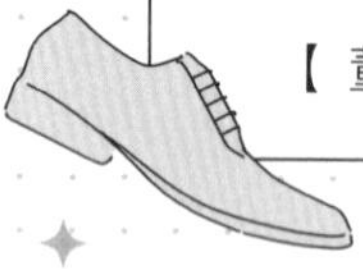

HENNAKOIBITO
NO
SODATEKATA

CONTENTS ♥ ♥ ♥

CULTIVATION METHOD OF ATYPICAL LOVER

非典型戀人養成法 ♥ ♥ ♥

第 1 章

CULTIVATION METHOD
OF ATYPICAL LOVER

董傅奕是間電子廠的老闆，因緣際會下認識了幾個做娛樂產業的朋友。

那群人見董傅奕年近四十還孤家寡人，身邊連個幫他紓解欲望的小情人都沒有，便找天辦了個聚會，說要讓他見見世面，早日脫離處男之身。

莫名其妙被冠了個處男名號的董傅奕嚴肅地為自己正名：老子才不是處男！

……但很久沒有開葷了倒是真的。

總而言之，董傅奕還是在一個週五的晚上早早離開公司，回到家梳妝打扮了一下，跟著那群浸淫娛樂圈多年的酒肉朋友們去聲色場所尋歡作樂一番。

董傅奕平日生活規律，甚少來這種娛樂場所放鬆自己。

他穿著一襲精心挑選的深藍色底白色印花的花西裝，裡頭是酒紅色襯衫配上同色系的緞面斜紋領帶，頭髮還用髮蠟打理整齊。

正是他身形挺拔加上五官出眾，才撐得起這樣奇異的穿著打扮。

「董老闆今天打扮得……很特別啊。」

領著董傅奕走，同時也是策劃這場聚會的主辦人何肅看了看他，勉為其難地給出了一句評價。

董傅奕嘴角勾著自信的笑，鼻孔哼哼出了兩口氣，「那是當然。」

進到包廂時裡頭已經坐了不少人了，幾個董傅奕在電視上看過的小明星握著麥克風在前頭臺上唱歌。

坐在臺下的有些是董傅奕認識的老闆，有些則是第一次見面。

董傅奕也不扭捏，端起酒杯便向他們敬酒。

豪氣地飲下一杯後，董傅奕注意到幾乎每個老闆身邊都跟著一個打扮亮麗，負責端茶倒酒的服務生，男男女女都有，有的身邊還跟著兩個。

董傅奕於是拉了拉何肅的衣襬，問他：「怎麼沒有服務生幫我倒酒？」

何肅一愣，半天才反應過來董傅奕這是誤會了。但他也沒有多加解釋，笑著把臺邊一個長相清秀的男生招過來，要他好好服務董傅奕。

董傅奕這才滿意地點點頭。

替董傅奕倒酒的男生叫林澈，是已經出道一陣子的演員，只是機運不好，一直都演一些爛俗無腦又沒多少收視率的偶像劇，演的還都是花瓶一般的配角。

林澈不紅，甚至不變裝走在路上也不會被認出來，可是他還是有個演員夢。

林澈原本對陪睡這種旁門左道萬分看不上眼，直到眼睜睜看著和他同期出道的女演員，因為陪某大老闆睡了一晚，就拿到一部戲的主要角色，從而大紅大紫，心裡始終不是滋味。

林澈想了很久很久，加上經紀人在耳邊搧風點火，最後終於還是下定決心，咬牙走一回歪路。

董傅奕幾杯黃湯下肚才終於反應過來，剛才被自己認為是服務生的那些人，原來都是身旁幾個大老闆們包養中或是準備包養的小情人。

就連何肅也摟著一個漂亮的女孩子，時不時湊過去索個吻吃吃豆腐。

董傅奕看著心裡有些不是滋味，感覺沒包養人的自己硬生生差人一等。

他環顧四周一圈，最後將目光停留在臺上一個優雅地彈著琴的男孩子身上，手上的酒杯往桌子一叩，指著臺上的男孩子向何肅喊道：「就他了吧。」

氣氛有一瞬間的凝滯，連原本動聽的琴聲都驟然停止，臺上的男生面上有些不知所措，底下一個老闆臉色也沉了下來。

幾秒過後何肅咳了兩聲清了清嗓，湊到董傅奕耳邊低聲說：「那位名草有主了，正受寵呢，你想搶等等就要上演全武行了。」

「……」董傅奕哼了一聲，喝了口悶酒，心想要包養個合心合意的小情人還真他媽難。

明明是為董傅奕辦的聚會，到後頭這個主角卻頻頻低頭喝悶酒。何肅過來勸他，讓他多看看其他尚未被包養的對象，董傅奕眨著一雙被酒精醺紅的眼，看哪個都不滿意。

而一旁倒酒的林澈也不太自在，他本意是想找個圈內大老闆睡一覺，看能不能睡出什麼名堂，怎料從剛剛的談話中才知道，他正伺候著的哪是什麼娛樂公司還經紀公司的頭頭。

人家一個做電子業的能對娛樂圈有什麼了解嗎？能伸手就塞工作機會給他嗎？不能！

無奈周圍的圈內人太多，林澈不好擺臉色，只能低聲下氣地繼續給奇裝異服的董老闆斟酒陪笑。

喝著喝著董傅奕不曉得哪根筋接上了，突然覺得眼前替他倒酒、白白淨淨的男生也還算差強人意，既然彈鋼琴的有人包了，他就勉為其難選這一個吧。

於是董傅奕一把摟過林澈的肩膀，大著舌頭和在場眾人宣示。

「這個、這個還沒人要吧？我就、就包走啦，誰也別和我搶！」

林澈臉色一陣青一陣白，一來他根本不想和這個對他演藝生涯可能提供不了半點貢獻的男人睡覺，二來……二來他清高慣了，自尊猛然被這麼踩到地下踐踏，心裡自然很不好受。

但自己選擇的路，咬牙都得撐著走完。

林澈勉強維持面上得體的笑，繼續給董傅奕倒酒，一邊倒一邊在心中暗暗地想：喝死你，最好喝到你不舉。

林澈最後確實如願把董傅奕灌得爛醉，但他自己也沒好到哪去，連跑廁所吐了三回才稍稍恢復一絲清明。

他本來想把董傅奕扔了就先跑，怎料剛才董傅奕連包養豪語都放了，幾個大老闆都用種曖昧不明的眼光看著他和醉躺在沙發椅上的董傅奕，要他趕緊把人帶去樓上房間休息休息。

休你媽的息！

林澈深深吸了口氣，在心裡連罵了好幾聲，最終還是乖乖地扯著嘴角應了聲好。

醉酒的人很難搬，幾個好心的同行幫著林澈，一起把醉得幾乎不醒人事的董傅奕搬上樓。

關上房門前林澈看著那幾個人略帶羨慕的眼神，在心裡翻了個大大的白眼，很想讓他們過來跟自己換換。

但他什麼都還沒說，那幾個人就跑了。

林澈揉了揉發疼的眉心，認命地到床邊替那個大字型躺在床上的男人脫鞋，一面心想算了算了，人家可是高高在上的老闆，就算不是做娛樂產業的他也惹不起，不如還是安分守己地過完這一夜。

這麼想著林澈心裡灑脫多了，反正眼前這人醉成這樣，就算再有本事也硬不起來。

也算是不幸中的大幸了。

林澈一邊腦袋發昏一邊幫董傳奕脫西裝鬆領帶，皺眉嫌棄這人明明長得人模人樣，穿衣品味卻糟得要命。

然後暗暗在心裡開砲：怪不得做不了娛樂產業這行。

處理完董傳奕後，林澈搖搖晃晃地走進浴室打算沖個澡。

奈何衣服還沒脫，一陣強烈的反胃感湧上，他又抱著馬桶吐了半天。

吐到胃裡都空了，無力地癱坐在地上看著沾上一些穢物的衣褲，忽然有點想哭。

林澈放空腦袋發了一會的愣，眼淚還是沒流下來。

他昏沉沉地站起身，強撐著最後一點意識把自己和脫下來的衣服都弄乾淨，而後裸著身子走到外頭，用力把占據大半張床的董傳奕往旁邊推了推，挪出一個小小的空間，裹著被子窩進去就睡了。

天光大亮的時候董傅奕倏然睜開乾澀的雙眼，緊接著一陣劇烈的疼痛襲上腦袋。

他很久沒這樣喝了，喝到都有些斷片，幾乎想不起來失去意識之前自己在做些什麼。

也因此董傅奕看到一旁縮在被子裡眉心輕蹙的林澈時，下意識就認定他們度過了一夜春宵。

儘管他一點印象都沒有。

董傅奕拉開被子，看看半身赤裸的自己，又看看一邊同樣赤裸的林澈，半晌輕輕把棉被蓋了回去，心情不錯地哼著歌踩下床。

那人身上乾乾淨淨的，一點吻痕齒印都沒留下，董傅奕很滿意，覺得自己酒品真不錯。

本來應該是個愜意的週末，董傅奕能抱著人再回味一下幾乎沒有的昨晚激情回憶，誰知才剛盥洗完，祕書一通電話打過來，說一條週末加班的生產線出了點狀況，要他回去公司看看。

董傳奕「嘖」了聲，撿回被扔在地上皺巴巴的襯衫穿好。

臨走前他從包裡拿出支票本和筆，在上頭寫了個數字簽了名後，壓在床邊的小櫃子上。

等到林澈醒來的時候房裡已經沒有人了，床上空蕩蕩的，也沒留下一點餘溫。

他揉著眼睛起身，發現床邊的櫃子上有一個空杯下壓了兩張紙。

伸手拿了過來，一張是面額不小的支票，另外還有一張字條，略顯潦草的字跡寫著：**昨晚很愉快。支票收著，這是你應得的。**

然後落了個款，旁邊還留了一串電話號碼。

林澈感到莫名其妙。

昨晚睡到一半，旁邊那人突然跳下床衝到廁所吐了大半天，最後脫力差點就躺在廁所睡著，害得他又起來折騰了一番，根本睡也沒睡好，是在愉快什麼？

……這老闆該不會哪裡有毛病吧。

林澈抓了抓頭，把留有董傳奕電話號碼的那張字條壓回櫃子上。

支票倒是收起來了，畢竟誰會跟錢過不去嘛。

之後的大半個月，董傅奕都沒有再見過林澈。他有點納悶，還有點不高興，覺得林澈太不知好歹了，拿了錢也不知道要好好討好金主。

後來他去開了個會，會議途中他分神又想，會不會是自己那晚留下的字條電話號碼寫錯了，把1寫成7了也說不一定。

哎，這樣對方想找他還真的就找不到了。

董傅奕於是撥了通電話給當晚主辦派對的何肅，問他那天自己帶走的男生怎麼聯絡。

彼時何肅自己也才剛開完會，被董傅奕問得一臉茫然，隔了半天才想起來他問的是哪一天哪一個人。

何肅心裡一陣莫名其妙，人分明是董傅奕自己包的，怎麼會反過來問他對方怎麼聯絡。

「還不是我那晚太猛了，把人搞得下不了床，我一早又趕著回公司處理事情，沒等到他醒，就留了電話。誰知道他大半個月都沒有消息，可能是我電話號碼寫錯了。」

董傅奕在電話這頭有些不好意思地嘿嘿一笑。

何肅聽完後一陣無語，他怎麼也想不透董傅奕那天醉得路都走不穩，是怎麼猛到把人搞得下不了床。

不過身為董傅奕多年好友，何肅還是很有義氣地讓董傅奕稍等，親自去查當晚伺候董傅奕、讓他酒醒大半個月後還念念不忘的那人究竟是何方神聖。

不出二十分鐘，一份關於林澈的資料就傳到董傅奕的私人信箱裡。內容相當詳盡，就連董傅奕一點也不在意的成長背景和就學經歷都詳細地列在上頭。

還沒看到最關鍵的部分，何肅就回了通電話過來，告訴董傅奕林澈是明埕娛樂旗下的藝人，入行幾年一直都沒有什麼太亮眼的表現，背後也沒人撐腰，工作機會少得可憐。

又和董傅奕說如果他想捧這孩子，看在多年老友的面子上，他可以幫忙找幾個門路。

「好啊。說起來，我記得明埕老總是梁學鈞對吧？」

坐在董事長椅上的董傅奕用肩膀和脖子夾著手機向後一靠，臉上帶著慵懶的笑意。

「老熟人了，要了他的人，怎麼樣也得請他吃個飯。找天我作東，你們都一起來啊。」

何肅隨口應了幾聲，到底還是工作時間，兩個人沒再閒聊太多，很快就掛了電話。

特助徐一洋進門就看見自家老闆笑得一臉神祕兮兮的樣子，見怪不怪地把方才會議上董傅奕要的資料放到桌上。

「今天下午沒什麼事吧？我要出去一趟。」

徐洋一放下東西準備要走，就聽見董傅奕忽地說了這麼一句。

他頓了頓，迅速地在腦中確認下午沒有安排任何會議或拜訪行程，便點點頭，說他知道了。

徐一洋的回答十分冷淡，董傅奕見狀微微挑眉，問他：「你怎麼都不好奇我要去哪裡？」

「……我無權干預你的私人行程。」

「呿，你這個人真無趣。」

徐一洋暗暗在心裡翻了個白眼，心想自己又不是吃飽太閒，沒事就對老闆的私人行程感興趣。

「你下午要去哪裡？」

不過看董傅奕一臉很想被問的樣子，徐一洋還是從善如流不帶感情地問了句。

而後就見老闆一臉欠揍地朝他挑眉眨眼說「祕密」。

徐一洋深吸了口氣，心裡默念無數次「殺人犯法殺人犯法殺人犯法」，一邊強作平靜地回道：「那我先出去了。」

「去吧去吧。」董傅奕擺了擺手，笑著放人。

那場聚會林澈最後也只當作是一場有錢人辦的鬧劇，回頭就沒放在心上。一樣該做什麼就做什麼，有什麼試鏡機會就去試，運氣好說不定可以撈個配角演演，沒有就繼續上課精進自己。

經紀人王哥時不時還是會在他耳邊暗示個幾句，說哪個藝人最近又透過關係得到了什麼好工作機會。

可是有過不好的經歷在前，林澈覺得自己還是腳踏實地點比較實際，就沒再想過走捷徑這件事了。

直到這天下午，他再一次碰上那個讓他瞎忙了整整一夜，除了錢其他好處都沒撈到、穿著打扮怪異的董老闆。

董傅奕走近的時候林澈甚至沒注意到他，因為他正忙著應付經紀人在耳邊嘮嘮叨叨。

王哥一下子說林澈這樣不行，再沒有什麼表現合約一到期公司肯定不會續約；一下子又說林澈底子真的不差，就差一個機遇。

然後那個機遇就這麼直直撞到面前了。

「喲，林澈。」

林澈順著聲音方向抬頭，第一眼看見的是自家老總梁學鈞，隨後才看見站在對方身旁、剛剛出聲喚他的男人，頓了好幾秒才想起來這人是誰。

也不能怪他沒有馬上認出來，誰叫董傅奕今天穿得實在太正常了，普通的白襯衫黑西裝，沒有一點突兀的顏色搭配。

「林澈，來。」在林澈開口之前，梁學鈞先一步招手要他過去。

林澈硬著頭皮抬步上前，聽梁學鈞介紹。

「這位是董傅奕董老闆，說之前跟你有過一面之緣，今天順路來看看你。」

「好久不見了。」董傅奕笑著朝林澈伸手。

林澈乾笑著將手搭了上去，有些尷尬地回道：「啊，好久不見。」

所幸董傅奕紳士有禮地僅握了一下林澈的手就鬆了開來，而後從皮夾裡掏出一張自己的名片遞了過去。

「上次沒帶到名片，手寫的電話號碼可能寫錯了，才讓你聯絡不到我，真是抱歉了。」

林澈想起那天被自己留在酒店房間裡的字條，心裡頓時一陣心虛地接過那張名片。

走廊上人來人往，畢竟不是個適合寒暄閒聊的地方，梁學鈞讓林澈和經紀人帶董傅奕去樓下的會議室坐著聊，而後便藉故先行離開了。

「那天晚上我很愉快也很滿意，今天來就是要和你說，我已經決定正式包養你了。前三個月試用期一個月先給你十萬，三個月後沒什麼問題會再調整成十五萬。當然，這些都是底價，每個月會再視你的表現增加零用錢。」

會議室的門一關，人剛剛坐下，董傅奕也不再隱瞞來意，張口就和林澈說道。

彷彿正在面試的林澈張著嘴目瞪口呆，尚未反應過來，就聽董傅奕接著說。

「不用擔心，我沒什麼特殊癖好，也不會強迫你做什麼，只要我有需要時像那晚一樣伺候我就行。至於工作機會你也可以放心，我雖然不是做這行的，但也認識不少朋友，讓你有戲演不是什麼難事。這些到時候我會擬個合約，如果有什麼疑慮都可以再調整，現階段你唯一要做的，就是找個時間收一收東西，搬到我那裡。」

「啊？」林澈聽得一愣一愣的。董傅奕講的分明就是中文，串在一起卻讓他聽得一頭霧水。

「不是，那個董老闆，我覺得我們之間可能有點誤——」

「不好意思董老闆，我是林澈的經紀人，敝姓王。」林澈話還沒說完，就被一旁的王哥打斷，「關於這部分的事，請讓我先和林澈討論一下。」

「去吧，我在這裡等。」董傅奕揚著嘴角向後一靠，翹起長腿，任他們暫時離開。

「這麼好一個機會撞到眼前，你該不會要拒絕吧？」

王哥把林澈拉到會議室外，恨鐵不成鋼地問。

「不是，王哥，這個董老闆是做電子業的，我跟了他除了錢沒有其他好處啊！」

「這就是你不懂的地方了。別看董老闆這樣，來頭可不小，跟很多圈內的大老闆都很熟，跟著他你不會吃虧的。」

王哥繼續說：「再說了，人家都找到這裡來了，就表示他對你們共度春宵的那晚念念不忘啊。」

「念念不忘個屁！他那晚除了吐，跟吐，還有吐以外，其他什麼都沒做！」

林澈有些頭痛地按了按額角，「他肯定是誤會了……」

「哎，你不說我不說誰會知道那只是個誤會？」

王哥拍了下林澈的肩膀，繼續慫恿，「真的，聽我的林澈，你不是一直想好好演戲嗎？這真的是好機會，錯過就很難再有下次了。」

林澈面色為難地偏頭從門上的玻璃窗往裡看，坐在裡頭的董傅奕心情似乎很好地微微抖著腿。

他猶豫了良久，牙一咬心一橫，就當賭一把似地妥協道：「好吧。」

第2章

CULTIVATION METHOD
OF ATYPICAL LOVER

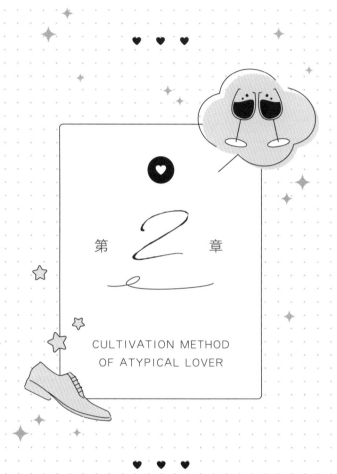

林澈平常住在公司提供的宿舍，私人物品算不上多，用不到兩天的時間就把能搬的東西都整理好了。

本來是王哥要送林澈過去的，後來不曉得出於什麼心態，董傅奕自己和林澈約了個時間，說要親自來接他。

到了約定時間，林澈依約站在宿舍樓下，肩上背著大大的後背包、右手搭著一個三十二吋的銀白色行李箱，地上還堆了幾個裝了雜物的紙箱。

結果左等右等，等了大約二十分鐘，始終不見董傅奕的人影。

林澈不是沒有等過人，試鏡的時候等導演、開拍的時候等主角，短則十幾分鐘、長則幾個小時他統統都等過。

同樣都是為了等一個翻身機會，可是從前的無數次等待，都沒有一次等得比現在還要心不甘情不願。

他摸出手機，正猶豫著該不該主動撥個電話問問董傅奕是不是忘記和自己有約，就見一輛車緩緩停到他面前。

車窗降下，駕駛座上一位他沒見過的戴著墨鏡的男人側著頭，朝他抬了抬下巴。

「你就是林澈吧？我們老闆有事，臨時讓我過來接你，先上車吧。」

「啊、哦……」

林澈愣了幾秒才反應過來，他指了指身旁的雜物，對車內的男人說：「方便開一下後車廂嗎？我東西有點多。」

對方這才注意到林澈身旁的那些紙箱和行李箱，他輕嘆了口氣，開了後車廂後還好心地下車幫他一起搬東西。

「謝了。」林澈坐上車後，一邊繫上安全帶一邊道謝，「還不曉得你叫什麼名字？」

被臨時指派來充當司機的男人輕輕掃了身旁的林澈一眼，而後淡淡道：「徐一洋，一二三的一、海洋的洋，我是董傅奕的特助。」

「你們還可以直呼老闆的名字啊？」

林澈沒當過上班族，但他演過。但劇本裡凡有老闆、董事長、總經理這類的角色，他們這種飾演基層員工的角色通常都得尊稱什麼什麼總、什麼什麼老闆。

能夠這樣子直呼其名的通常除了那個什麼什麼總的長輩以外，剩下就是對方的……另一半。

林澈被自己猛然浮上腦海的想法嚇了一跳，不由得微偏過頭，用一種極為複雜的目光看了看徐一洋。

「他又聽不到。」徐一洋沒注意到林澈異樣的視線，聳了聳肩，滿不在乎地回答：「聽到了也沒關係，老闆規矩不多，不在乎這個。」

「這樣啊……」

短暫的話題結束，沒開廣播或播音樂的車內頓時靜得有些尷尬。

停紅燈之際，徐一洋仗著自己戴著墨鏡、林澈注意不到他的視線，便肆意上下打量起副駕駛座的這個男子。

接近下班前董傅奕突然說自己要去買點東西，給了他一個地址請他幫忙接個人，徐一洋本以為是幫忙接個朋友什麼的，誰知董傅奕卻神祕兮兮地告訴他自己包了個演員，要接人回家金屋藏嬌。

有一瞬間徐一洋以為老闆沒睡醒還在說夢話。

徐一洋雖然知道董傅奕朋友多、門路廣，但當他報出「林澈」這個自己聽都沒聽過的演員名字時，徐一洋還是真心實意地想，老闆要不是還在作夢，要不就是被人騙了。

「你都……演過什麼戲啊？」

雖然這明顯超出特助的職責範圍，徐一洋仍主動拋了個問題，想替自家老闆把把關。

「很多耶。」一提到這個話題，林澈的精神就來了，他掰著手指數。

「我的出道作是《少年夢》，之後還演過《相戀於寒冬》、《親愛的陸先生》、《許願池下的祕密》。哦對，我最近還在《陣痛青春期》客串了個龍套角色，不過戲份很少就是了。」

徐一洋平常不太看電視，頂多就上班前邊吃早餐邊看晨間新聞，林澈說的這些電視劇別說看了，大部分甚至連聽都沒聽過。

想了想，徐一洋還是硬著頭皮問：「那個什麼陸……先生，我記得我太太之前好像有在看，你在裡面演哪個角色？說不定我有點印象。」

「呃，我演男主角公司的一個實習生，在女主角第一次來公司的時候因為不認識所以攔下她，然後就被男主角開除了。」

林澈有些不好意思地抓抓頭，「沒有名字、也只出現沒幾集，前後戲份大概五分鐘吧。」

徐一洋強忍吐槽的衝動，咳了幾聲清清嗓後，只應了聲「嗯」。

「雖然只有五分鐘，但我在片場整整待了快半個月。」林澈沒注意到徐一洋顯然沒想繼續聊下去的意思，自顧自地接著說。

「有時候明明已經訂好時間哪一天要拍我哪一場戲，但只要主角群一句話，導演就會把我的戲份無條件往後延。戲被延了也不能放幾天假回去等，得在劇組待著，因為也不知道什麼時候會輪到自己。」

「這麼聽起來……你們這行也不是那麼好幹啊。」

「那當然。」林澈有些自嘲地勾了下唇角，「做我們這行的，沒有名氣、沒有背景、沒有靠山，很多時候連發言權都沒有。」

「既然這麼委屈，那你怎麼還會想繼續做？」徐一洋握著方向盤的手一轉，順口問道。

林澈偏過頭，看著車窗外不斷倒退的街景，靜默了良久，才像是自言自語般小聲呢喃：「因為我喜歡演戲啊。」

被無視、被差別對待、被大小眼，所有受的委屈、心裡的酸澀無奈，只因為熱愛這一份工作，才甘願默默忍受。

窗外的街景從鬧區轉至靜謐的高級住宅區，徐一洋熟門熟路地和其中一個保全打招呼，而後車子駛進一旁的地下車庫裡。

「到了。」徐一洋將車臨停在電梯口旁，摘下墨鏡解開安全帶，「董傳奕不知道幾點回來，我先幫你把東西搬上去吧。」

「啊、好，謝謝。」

林澈的東西不多，兩個人一起搬一趟就全搬進電梯了。

他見徐一洋從口袋裡掏出一張磁卡，熟練地刷了卡按下二十樓的按鈕。

林澈正暗自感嘆這個特助和老闆的關係真不是一般的好時，徐一洋轉了過來，把手上的門禁卡交給他，「收好了，這裡進出都要刷卡。」

林澈伸手去接，面上又有些狐疑，「你的給我了，那你自己……？」

「這本來就是董傅奕要我交給你的，我這邊還有一張。」

林澈聞言點了點頭，也沒再多問什麼。

二十樓很快就到了，電梯外空間相當寬敞，一層只有兩戶住家。

徐一洋幫著林澈把東西搬到左側那戶，一邊按著門上的電子鎖一邊和林澈說明。

「密碼945876，沒什麼特別涵義。你能記就記，記不住也沒關係，晚點讓他幫你設個指紋辨識。」

說完又自言自語般地補了一句，「他自己就永遠都記不住。」

林澈在心裡默念了幾次密碼，945876、945876、945876……忽然靈光一閃，心道這念起來不就是「就是我白痴囉」的諧音嗎？

他想這一點也不難記，而且看來也不是真的完全沒有任何涵義，起碼這家門密碼替董傅奕保留了一點自知之明。

徐一洋幫林澈把東西都搬進去以後說了一聲就走了，沒有多留。

屋子的主人還沒有回來，林澈不敢亂闖，稍微整理了下自己的東西後，便坐到客廳沙發上，環顧起屋內的擺設裝潢。

初見時董傳奕的奇裝異服實在太讓人印象深刻，林澈一直先入為主地認為他家應該也會走那種浮誇奢華的風格。

然而實際進來了才發現這裡樸素得令人出乎意料，沒有什麼純觀賞的無用擺飾，傢俱統一都是黑白色系，簡單而單調，連頭頂上都是最普通的暖黃光吸頂燈。

和他印象中董老闆的風格一點都不像。

不過也可能只有客廳是這樣，畢竟客廳算是門面，總不能一開門就嚇跑初來作客的客人。

林澈想，說不定等等董傳奕房間門一開、燈一亮，直接就炸出五顏六色的光。

……光想就覺得那畫面很可怕。

董傳奕是在林澈想到萬一他逼著自己穿他衣櫃裡那些奇裝異服該怎麼拒絕的時候回來的，細微的門鎖聲響傳進林澈耳裡，他立刻有些緊張地端正坐好，睜著一雙大眼直盯著門口。

然而外頭的董傅奕不曉得在幹什麼，門開了一會也不見人進來，林澈有些疑惑地起身走過去，結果剛來到門邊就被門外的一堆東西給弄得一怔。

「哎，你來啦。」手裡提著一堆袋子的董傅奕看到愣在門邊的林澈，咧嘴一笑，理所當然地使喚他。

「來幫個忙，東西不小心買多了，車子還差點載不下。」

林澈依言走上前，彎腰拎起幾個袋子，縫隙間看見裡頭是一些新的毛巾、牙刷牙杯等等的日用品。

正心想說董傅奕這金主當得還挺有心的，餘光又見另一邊的塑膠袋裡裝了一堆生鮮食品，有些詫異地問：「您還會做飯啊？」

走在他前面的董傅奕回頭挑了下眉，說：「當然不會。」

「那還買這麼多菜……？」

「我這不是在給你製造個討好金主的機會嗎？」

董傅奕笑了笑，指揮著林澈來回幾趟放好東西，又接著跟他說。

「別用『您』，聽不習慣。你可以叫我哥，或直接叫名字也行，沒那麼多規矩。」

林澈敷衍地點了下頭，心裡還在發愁，猶豫了片刻後還是老實道：「可是我根本就不會做飯啊。」

董傅奕聞言臉上的笑意明顯可見的垮了下來，反問：「你不會做飯？」

「不、不會啊……」林澈看董傅奕變臉跟翻書一樣快，緊張地聲音都不自覺小了些許。

沒有人告訴過他被包養還要會做飯啊！林澈在心裡咆哮著。

這和當初想的和做的心理建設完全不一樣，早知道做個情人除了陪床侍寢以外還要會這會那，他根本就不會答應了！

「那你會洗碗嗎？」董傅奕又問。

「不是有洗碗機嗎？我剛剛看到了。」

「洗衣服呢？」

「也有洗衣機啊。」

董傳奕略有些不滿地皺起眉，最後問：「那你會什麼？」

林澈腦子一熱，下意識就答道：「我會演戲啊！」

董傳奕瞇著眼看了林澈一會，忽地拍了下手。

「對，就是這個！從現在開始你就演一個一流餐廳的主廚，正在參加挑戰，必須在一小時內完成一桌四菜一湯的料理。」

林澈簡直被董傳奕的思考邏輯給驚呆了，嘴巴張合了半天，一句話都說不出來。

然而林澈終究還是沒有演成主廚，因為董傳奕只記得買了一堆肉和青菜，但完全不知道還要買調味料，甚至沒有買油。

晚餐最後還是董傳奕不知道從哪挖出來兩碗沒有過期的泡麵，讓林澈將就著煮了吃。

煮煮泡麵林澈還是會的，滾水下麵放調味包，五分鐘就端出兩碗熱騰騰的麵到餐桌。他坐到董傳奕對面的位置，見對方動了筷子，這才跟著吃了起來。

剛煮好的泡麵冒著熱騰騰的白煙，很香，董傳奕稍微吹涼了一點便大口吃了起來，只是臉上的表情依舊不怎麼樣。

林澈邊吃邊想，被包養第一天第一餐就吃泡麵的，他肯定是圈裡第一個，再也不會有人比他待遇更慘了。

然後他又抬起頭小心翼翼觀察了一下董傳奕的臉色，嚥下嘴裡的麵條後，深吸了口氣，試探地小聲問：「如果真的要我做菜，我……有空就學一點？」

董傳奕臉色這才稍微好看了一點，整碗泡麵吃完後不計形象地打了個飽嗝，得寸進尺道：「那就先學紅燒牛腩吧，我愛吃那個。」

林澈突然有種自己挖了個坑跳進去的錯覺，但又能怎麼辦呢？答應都答應了，現在反悔也來不及了。

林澈苦著張臉低頭查紅燒牛腩的做法，看沒幾眼就關了，對他一個只會煮泡麵的廚房新手來說，要靠網路食譜煮出正宗道地的紅燒牛腩果然還是太天方夜譚了。

飯後林澈自覺地將兩人用過的餐具一起收進廚房丟進洗碗機，還蹲在地上研究起洗碗機的使用方式，就見董傳奕走了進來。

他從冰箱裡拿出兩顆水蜜桃，洗完以後林澈還沒研究好，董傳奕便走了過去。嘴裡咬住一顆水蜜桃，站在林澈後頭俯下身，伸出手指隨便按了個按鈕，洗碗機便運轉了起來。

「這不就動了嗎？」董傳奕直起身，把另一顆洗過的水蜜桃塞到林澈手裡。

林澈愣愣地接過董傳奕給他的水果，起初本來有些受寵若驚，但在看到對方臉上一種「怎麼連洗碗機都不會用」的嫌棄表情時，那點感動又統統吞了回去，表情平板地說：「不好意思我見識淺，不太會用這些高科技的東西。」

董傳奕像是沒聽出林澈話裡的情緒，摟了一把對方的肩膀將人帶著往外走，一邊笑道：「沒事，跟做飯一樣，以後多學學就行。」

之後兩個人在客廳吃著水果看了會電視，又不尷不尬地聊了幾句天。

董傳奕確實沒什麼架子，聊起天來不會讓人有太大的壓力，只是橫在兩人之間金主與情人的關係著實還是讓林澈有些放不開。

到了快十一點，董傳奕一句「時間差不多了」讓林澈心頭一跳，想該來的果然還是逃不掉。

林澈被董傳奕帶回主臥室，沒有意想中絢爛斑斕的燈光、沒有奢靡浮誇的擺設，和客廳飯廳一樣走的都是簡約風格。

只是門一關，林澈的心還是不由自主地高高懸起，連呼吸都輕了好幾分。

董傅奕從今天剛帶回來的一個紙袋裡拿出兩套同款真絲睡衣，一套靛青色一套亮紫色，兩件尺寸是一樣的。

董傅奕讓他先挑，林澈看著那反著光的紫就一陣頭皮發麻，毫不猶豫地選了靛青色那套。

董傅奕「呿」了聲，說他真沒眼光。

「去吧，去洗澡。」選定後董傅奕又輕拍了下林澈的後腰，略有些曖昧地笑道：「洗乾淨一點。」

林澈像著了火似地快步走進浴室，反手鎖上門，深怕再晚一秒那老流氓就會擠進來說要跟他一起洗。

他在浴室裡摸了大半個小時才出來，而董傅奕早就在另一間浴室洗好換好睡衣，半躺在床上不曉得等了多久。

見人出來了，他闔上手裡的書，嘴角一挑，「照你這洗法，皮都搓掉一層了吧？」

林澈渾身都是剛才悶在浴室裡被熱水蒸出來的紅，從耳根一路蔓延至脖頸。

他看了一眼床上的董傅奕，看他身上那套和自己同款不同色的睡衣，暗自在心裡嘀咕：果然長得好看的人穿什麼都好看，也就董老闆這張臉和身材撐得起這種又騷又豔的亮紫色。

董傅奕聽不見林澈心裡想的話，見他看著自己表情變化豐富，也只當他是被自己的美色吸引，便笑著叫他先去窗檯邊找吹風機，把那一頭淌水的溼髮給吹乾。

將自己半長的頭髮吹乾以後，林澈才很慢很慢地從董傅奕另一側爬上這張即使躺了兩個男人，仍寬敞得綽綽有餘的雙人大床。

當董傅奕側過身子靠近他的瞬間，林澈下意識地用力閉緊雙眼屏住呼吸，然而等了十多秒都沒迎來意料中的碰觸，他慢慢睜眼，對上董傅奕一張似笑非笑的臉。

「我、我我，那個……」

「緊張啊？」董傅奕側著身，一手支在臉側，另一手曲起指節，刮了一下林澈的鼻尖。

「緊張就算了，我也不喜歡強迫人，你要是沒準備好那就下次再說，反正以後時間還多得是。你第一次被包養，我也第一次包養人，慢慢來吧。」

林澈從洗澡前就高高懸起的一顆心驟然被這麼輕輕放下，有些不敢置信地「啊」了一聲，問：「真的啊？」

「你如果希望我反悔也不是不行。」董傅奕半開玩笑道。

見林澈抓著被子直搖頭，便伸長了手關上燈。在房間歸於一片漆黑之後，安安分分地躺回自己的枕頭上，紳士地和林澈相隔了半個手臂寬的距離。

「睡吧，我明天一早還要進公司開會呢。」

沒一會又聽見他說：「晚安，林小澈。」

身旁的男人嗓音慵懶，帶著幾分睏倦睡意，林澈聽在耳裡，早前的那點忐忑慢慢消散了大半。

他在黑暗中眨了眨眼，對這聲顯得有些突兀而親暱的稱呼沒有太大反應，只跟著閉上了眼，呢喃一般地小聲應道：「晚安，董老闆。」

第 3 章

CULTIVATION METHOD
OF ATYPICAL LOVER

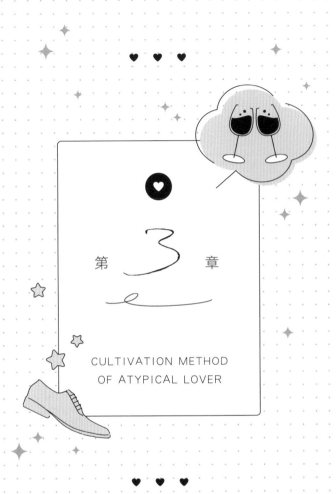

董傅奕說慢慢來，他們還真就躺一張床、蓋一條棉被，清清白白純睡覺了一個禮拜，什麼事也沒發生。

林澈放鬆下來的同時又有一點點心虛，覺得自己好像不應該這麼矜持。

雖然確實是第一次被人包養，但畢竟也不是純潔得什麼都不懂的處男了，再說人家董老闆還是付了錢的，他這麼放不開感覺就不是很懂事。

為了了解如何當一個稱職合心意的情人，林澈找自己一個圈內關係比較好、一樣也有在接情人業務的朋友蕭臨曦——那個當初聚會上董傅奕最一開始相中但已經名草有主的人，打算向他討教討教。

不過在開始討教之前，他還是先問了個自己最在意的問題：「你被林總包的第一天，他都帶你吃些什麼啊？」

蕭臨曦連捏著咖啡匙攪拌的動作都相當優雅，聞言抬眸看了他一眼，挑眉反問：「你在跟我開黃腔嗎？」

林澈愣了幾秒才反應過來他口中的黃腔是怎麼回事，登時臉就熱了，惱羞道：「不是那個吃！正常的！可以下肚的！」

「精液也不是不能吃啊，不好吃而已。」蕭臨曦不甚在意地聳聳肩。

「不過你如果要問正常的東西……都大半年了我哪想得起來，反正不是全套法式西餐就是日本料理吧。」

林澈聽了他的回答，忍不住大嘆了口氣：「我覺得我虧大了。」

「怎麼說？」

林澈便說起剛進董傅奕家第一天是怎麼被使喚搬這搬那，被半強迫著答應以後要學做飯。

在他講到第一晚只吃了泡麵，還是自己煮的時，蕭臨曦一直維持優雅從容的表情終於有了些許破碎，抵著唇死死忍著笑。

而當他又說到自己和董傅奕整整一個星期除了蓋棉被純睡覺以外，其他什麼都沒幹的時候，蕭臨曦終於忍不住了，憋著笑問他。

「你確定他是包養你？不是花錢找個有陪睡服務的保姆？呃，陪純睡覺。」

「我怎麼知道！」林澈有些煩躁地抓了抓頭髮。

「現在想到我真要學做飯就頭大，他還指定要吃紅燒牛腩，我連牛排都不會煎了還什麼牛腩！」

蕭臨曦好心提醒他，「煎牛排也沒有比較簡單。」

「算了算了，不提這個了。」林澈像顆洩了氣的球半趴在桌上，「你跟林總平常都怎麼相處啊？」

「還能怎麼相處？他想上床我就陪他上床，他要我別煩他我就不煩他。」蕭臨曦語氣平淡，抿了一口杯中的咖啡後才又接著說。

「他帶我參加聚會的時候我必須給他面子，要我陪幾杯酒我就得喝幾杯酒，要我陪笑我心情再差都得笑，他身邊有其他人我也不能爭風吃醋。反正呢，就是當他身邊一個表面好看的附屬品，呼之即來揮之即去。」

「聽起來你也是不太容易啊……」

「還好吧，自尊扔了就不覺得有什麼了。」蕭臨曦淺淺勾起唇角，笑得有些自嘲。

「而且林至鑫器大活好，我也不是沒有爽到。最重要的是，起碼我不用學做飯。」

「……」

「也不用吃泡麵。」

「你夠了啊！」

和蕭臨曦在公司休息室坐著聊了快一個下午，林澈或多或少還是有一點收穫，至少學到了一些可能短期內還暫時派不上用場的……床上討好金主的技巧。

「你跟林總那個的頻率到底多高啊？」

一個下午的床技教學讓林澈面紅耳赤外又腦袋發昏，見蕭臨曦依舊神色如常地喝著咖啡，忍不住問道。

「你是問一週幾次還是一晚幾次？」

「還能這樣分？」

「當然。」蕭臨曦點了點頭，「現在的話，他一週大概來找我三次，一個晚上大概能射個三到五次不等，哦，我是說我的部分。」

「……算了。」一陣無語過後，林澈舉手投降。

「你還是別說了，我也不是真的想知道得這麼詳細。」

蕭臨曦本來就無所謂林澈聽不聽，他「哦」了一聲，就真的沒有再繼續多久一次一次多久這個話題。

看林澈臉上表情仍有些鬱鬱，想了想，還是和他說。

「我也沒什麼能提點你的，你只要記住最重要的是，千萬不要覺得自己對金主來說是特別的、不要動心。有錢有工作機會就大大方方的拿，交易就是交易，不要摻雜太多不必要的感情。」

不曉得是不是錯覺，林澈總感覺蕭臨曦說這些話時眼眸裡似乎有一瞬間的憂傷閃過，不過也就那短短一瞬。還沒來得及捕捉到，他的重點就被另一件事帶偏了。

「等等，你說林總去你那……你們沒有住在一起啊？」

蕭臨曦用一種複雜中帶著點憐憫的神情看了看他，然後說：「沒有，我住在他買的另一間公寓。」

「……不會還是掛在你名下吧？」

林澈才剛問出口，就見蕭臨曦很緩慢地點了下頭。

他頓時就不想說話了。

回去以後，林澈早前那點心虛早就散得差不多了，他一直在糾結到底是蕭臨曦運氣好遇到了個大方的金主，還是自己運氣太差遇到了個還想使喚他洗手作羹湯的傢伙。

就不提買房掛情人名下了，這一個禮拜除了第一晚吃了泡麵，之後的每一天他吃的都是各種不同菜色的便當，還都是自己掏錢買的。

因為董傅奕這陣子太忙了，就連週末也幾乎都在公司加班，兩個人除了晚上固定睡在同一張床上，基本上沒有什麼太多的機會交流。

本來以為今天和前幾天一樣，董傅奕要加班到很晚才會回來，所以傍晚回去之前他又順路到附近便當店買了個烤雞腿加雞排的雙拼便當。

誰知道才拎著便當打開大門，就和彎腰在玄關換鞋的董傅奕打了個照面。

「回來啦。」董傅奕朝林澈輕輕一挑眉，腳踩進自己那雙毛茸茸的室內拖鞋，順手將林澈那雙和自己同款不同色的拖鞋也一起拿出來。

林澈下意識把手裡的便當往背後藏了藏，問道：「呃、嗯，你……吃過了嗎？」

董傅奕微微一笑，「你說呢？」

最後林澈只得讓出自己的雙拼便當給自家金主，委屈巴巴地進了廚房弄碗泡麵給自己。

而吃走他便當的那人毫無愧疚之意，夾著啃了一半的雞腿對林澈說：「外面賣的都太油了，你打算什麼時候開始學做飯？」

「其實……其實我覺得我沒有這方面的天賦，怕煮得很難吃，糟蹋你的舌頭還傷了你的胃。」林澈握著筷子的手一頓，硬著頭皮回他。

「哎，年輕人怎麼能還沒嘗試就說自己做不到呢。」

董傳奕還是笑，笑得林澈心底發虛，還沒來得及開口，就聽他又接著說：「不過沒關係，我這邊剛好找了個機會能讓你好好學學。」

林澈滿頭問號看向董傳奕。

董傳奕把便當裡沒有動過的雞排夾到林澈空了的碗裡，神神祕祕地賣了個關子，只說：「明天晚上跟我去見幾個人，見了你就知道了。」

林澈不曉得董傳奕葫蘆裡賣的什麼藥，也不曉得董傳奕要帶他去哪和誰見面，心裡沒有一點底的感覺讓人有些忐忑。

當晚他還作了個惡夢，夢見董傅奕把他送到一間廚藝培訓班。培訓班老師很凶，劈頭蓋臉地指責他為什麼連區區紅燒牛腩都做不好，而他只能委屈巴巴地垂著頭任對方罵，和他一起垂頭被罵的還有身旁的一頭牛。

老師罵得口水都噴到他的臉上，罵到最後還指著那頭牛厲聲命令他馬上把牠宰了。

牛一聽，立刻就翻了臉，鼻孔噴著氣，沉沉地「哞」了一聲，在林澈還沒反應過來之際，一頭撞飛還在碎碎念的老師，然後又掉過頭，凶猛地盯著自己。

林澈的腿一下就軟了，靠著桌子才勉強站穩。一雙腿像是緊緊黏在地上，動都沒辦法動，只能眼睜睜地看著那頭牛一步一步朝自己逼近。

手裡的剁肉刀落到地上發出一聲沉重的悶響，眼看那顆猙獰的牛頭已經來到眼前，張開那張不應該存在的血盆大口。

林澈緊閉上眼，抑制不住地大喊出聲：「別、別過來……我、我不吃牛，我以後再也不吃牛了——」

林澈猛然睜開眼。

未能及時聚焦的視線只看見一張似笑非笑的臉離他很近，他下意識往後避了避，卻發現一隻手攬在他的腰上，一把將他撈了回去。

「作惡夢了？」董傅奕撥了撥林澈被冷汗沾黏在額邊的髮絲，同樣剛睡醒的嗓音帶著一點沙啞的顆粒感，含著明顯的笑意。

「你還說夢話了，夢見被牛追？」

林澈的思緒還恍惚著，發脹的腦袋裡滿滿都還是一頭牛配上一張血盆大口，絲毫沒注意到他們現在的距離有多近、董傅奕的動作有多曖昧。

他過了快一分鐘才回過神來，搖了搖頭說沒有。

董傅奕無所謂地聳了聳肩，本來也只是覺得有趣而已，不是真想問到底。

「醒了就起來吧，免得再睡又掉回惡夢裡。」他輕捏了一把林澈的腰，很快收回手，下床盥洗前問了一句：「今天去不去公司？」

林澈點了點頭，也跟著坐了起來，抓了抓睡亂的頭髮，回道：「下午有健身課，大概兩個小時左右。」

「六點以前回得來吧？」董傅奕咬著牙刷的含糊聲音，隔著半掩的浴室門板傳了出來。

「可以，四點就下課了。」

正在盥洗的董傅奕聞言沉吟了聲，一邊刷牙一邊思考。

等他洗完臉出來的時候，看著還坐在床上發呆的林澈說：「不然你開我的車吧？等等先送我去公司，下午結束再來接我，就不回來了，帶你去買幾件衣服直接去吃飯。」

「我自己有衣服，正式一點的也有，不用再特別去買了吧？」

一聽董傅奕要給他買衣服，林澈瞬間就清醒了，連忙搖頭說不用。

「你那些哪夠正式。」董傅奕隨手一扔擦臉的毛巾，當著林澈的面就解起睡衣釦子，毫無顧忌地在他面前換起衣服。

林澈一看見敞開的衣櫃門裡各色西裝外套和襯衫領帶就欲哭無淚，實在很怕董傅奕看到什麼顏色就往他身上加。

他雖然自認長得不差，但也完全不覺得自己駕馭得了和對方一樣的奇顏異色啊！

機。

「就這樣說定了，去，趕快去刷牙洗臉。」

董傅奕挑了件昨晚林澈才燙過的淺藍色襯衫，又選了條紫紅色斜紋領帶掛在脖子上，催促道：「我趕著有個會要開，十點以前得進公司。」

林澈實在找不到正當理由拒絕，只得認命地也下床盥洗，充當董傅奕的一日司機。

接下來的這一整天林澈都過得有些心不在焉，還頻頻走神。下午健身課時，前頭的教練動作都換了兩組，他還維持在第一組。

而這種心不在焉一直持續到下了課沖過澡、接到難得提早下班的董傅奕，並和他在百貨公司逛了一圈後才慢慢退去。

和董傅奕逛街實在太累了，本以為就是買一套正式點的衣服，結果卻是拉著他一間一間逛、一件一件試，試了快整整兩個小時。

董傅奕相當大方，把自己看了覺得合適的，和林澈覺得不錯的統統都包了起來。

「你眼光太樸素了。」

逛完了最後一家，董傅奕刷了卡，等收據的時候看了眼林澈身上剛換的一套淺灰色休閒西裝，裡頭配著一件純白色圓領T恤，嘖嘖兩聲搖了搖頭。

「我還是覺得剛才黃色的那套好看，還有金線刺繡。」

林澈坐在一旁的圓椅上，腳邊堆滿大包小包，有氣無力地隨口回道：「那黃色太亮了，我駕馭不了，你穿應該會比我合適。」

董傅奕聞言立刻就笑了，說：「我後來也是這麼想的，所以我買了，只不過尺寸要再改，來不及今天穿，得等下次了。」

才相處了短短一個星期，對於董傅奕的自信林澈都有些麻木了。

他敷衍地應了一聲，轉了轉有些發痠的手腕，等董傅奕終於開口說「走吧快遲到了」，他才拎起地上那堆袋子，步履憔悴地跟在他身後一起離開。

晚餐的地點在市中心的一間高級日式料亭，林澈走在董傅奕身旁，一路被服務生領著走到最裡頭的隱密包廂。

包廂門一開，裡面已經坐了兩個人。

一個是之前聚會上見過一次的何肅何老闆，另一位年紀稍長一些的男人林澈沒見過，只覺得有些面熟。看對方的衣著打扮、腕上價值不菲的表，應該也是個他惹不起的大人物。

「你們遲到了。」何肅朝他們抬起頭，直接省略掉寒暄打招呼，笑著說：「得先罰三杯。」

董傳奕笑而不語地看向林澈，林澈心領神會，落坐後立刻就先喝了三杯清酒。酒杯很淺，三杯也就三口的量，對於曾經把董傳奕灌倒的他根本算不上什麼，三杯下肚後也就喉嚨有些發熱，臉甚至都沒有紅。

大概是看在董傳奕的面子上，喝了這三杯酒後，何肅和另外那個他不認識的男人都沒再為難他，按了服務鈴讓外頭的服務生上菜。

「介紹一下，這位是潘繼鳴潘導演，你們應該都聽過名字。」等待的空檔間，何肅才終於想起身旁這位和對面兩個人互不認識，便介紹道。

「左邊這位是我朋友，董傳奕，自己開公司的。旁邊那位我之前跟你提過，叫林澈。」

林澈分毫沒有意識到何肅在介紹他時語氣有多曖昧，他整個注意力都被「潘繼鳴」三個字吸引走了。

潘繼鳴在電影圈頗負盛名，他拍的電影很少有大場面的動作戲，或者腥羶色的劇情，大多都是走溫和細膩且樸實的情感戲，講家庭、講婚姻、講現實，講各種親情友情愛情。

儘管不是主流最喜歡的故事類型，偏偏潘導都能把這些故事拍得引人入勝，不只電影賣座、有票房成績，還得過不少獎，也捧紅了不少剛進演藝圈的新人。

林澈雖然只演過那些俗爛電視劇，但仍聽聞過不少對方的事蹟。

只不過潘繼鳴為人低調，鮮少出現在公眾目光底下，也因此剛進來的時候林澈才沒有一眼認出對方。

至此林澈忽然有個不切實際且大膽的想法，他側過頭看了董傅奕一眼，可是董傅奕正和對面兩人交談，並沒有留意到他的視線。

等到菜上齊了，他們才終於切入和林澈有關的正題。

「是這樣，潘導一個月後有部電影要開拍了，還差一個戲份不算太多，但也挺重要的配角。」何粛替自己斟滿了酒，端在手上朝林澈揚眉。

「來問問你有沒有興趣。」

「我、我啊？」林澈被這突如其來的驚喜砸得有些茫然，愣愣地指著自己，見對方沒有猶豫地點頭，便立刻道：「當然有興趣！」

「都不問演什麼就有興趣啊？」一旁的董傳奕打趣道，一邊又把林澈的酒杯斟滿，示意他再敬一杯。

林澈聽話地又喝了一杯，才聽潘繼鳴說起這次要拍的是怎麼樣的故事，和打算讓林澈飾演的是什麼樣的配角。

潘繼鳴這次要拍的電影名叫《啞廚》，講述在偏遠鄉下一個心善的啞巴廚師，因緣際會下到發展繁榮的都市參加一場大型的廚藝競賽。

從小生長在樸實鄉村的他沒能很快適應都市的快節奏生活，也因為無法以言語和人交流，初來時經常遭到嘲笑歧視，與一些並不友善的異樣眼光，不過那些閒言碎語很快都止於他精湛的廚藝前。

啞廚靠著廚藝，讓那些看不起他的人閉上了嘴，讓不看好他的評審委員嘖嘖讚嘆，也讓為了挖角他來都市發展、幾乎說破了嘴跑平了鞋的大老闆臉上有光。

而就在所有人都對啞廚刮目相看之際，只有一位青年，在人人追捧對方的聲浪中，黯淡了目光。

「在啞廚出現以前，小州是那場廚藝大賽最被看好的奪冠人選。他從小就被譽為天才，天賦異稟且自視甚高，所以他嫉妒這個從鄉下來又不會說話，卻搶了他鋒頭的老男人。」

聊起電影，潘繼鳴整個人都來了精神，尤其對著雙眸晶亮聽得特別認真的林澈，說得更是投入。

「後來偶然嘗過一次啞廚做的菜，小州再不願意也不得不承認自己比不上，無論是調味、火候甚至最基本的刀工，他都遠遠不及對方。嫉妒轉為不甘、不甘又轉為焦躁，因為這場比賽對他來說相當重要。冠軍的獎金豐厚，他必需拿到這筆錢，才能支付重病在床的母親往後一大段時間的醫藥費。而在總決賽即將開始前，小州意外撿到啞廚的手寫食譜。」

這其實是一個很單純的故事，沒有複雜燒腦的推理情節，也沒有血腥殘暴的場面，有的只是人與人相處間的碰撞摩擦，人性的灰暗與掙扎。

林澈聽完大概以後，猶豫了片刻，還是吶吶開口：「真的讓我演啊？不用試鏡嗎？」

其他三個人聽了瞬間就笑出聲來，潘繼鳴喝了口酒，笑著搖搖頭，「這一看就知道沒走過後門，不錯。」

林澈不會聽不出潘導這句話裡調侃的味道，臉熱得低下頭想再喝點酒掩飾尷尬。可是剛才聽故事的期間酒杯已經被董傳奕拿走，放到另一邊他搆不到的位置，只得低頭吃菜。

「我看過一些你之前演的戲，老實說那些劇本真的都很爛，不過你的眼神和肢體動作都還不錯，好好磨一磨，應該未來可期。」潘繼鳴說。

「因為時間有點趕，如果你這邊沒問題，過兩天我們就會和你公司聯絡，走個正常的簽約流程。正式拍攝的時間大概在一個月後，劇本和人物造型設定會先傳給你。」

回程是由方才滴酒未沾的董傅奕開車。

林溆坐在副駕駛座，呼吸間充盈著濃濃的酒味，可是他的頭腦異常清醒，情緒也還有些亢奮。

「你是因為知道有這個機會，所以才要我學做飯的嗎？」林溆偏過頭問董傅奕。

「你猜？」董傅奕嘴角微挑，目光專注地看著前方筆直的道路。沒等林溆猜，他又自顧自地說道：「畢竟都花錢了，總得給我自己討點好處吧。」

林溆靜默了半晌，像是在消化董傅奕話裡的意思，會意過來後，他將頭側向另外一邊。

車窗外不斷閃過的街燈刺得眼睛生疼，林溆慢慢闔上雙眼，嘴角的笑意也斂去了幾分。

在短暫的沉默中，他的喉間溢出一聲自嘲的低笑，用輕的幾乎只有自己能聽見的音量說：「說得也是。」

第4章

CULTIVATION METHOD
OF ATYPICAL LOVER

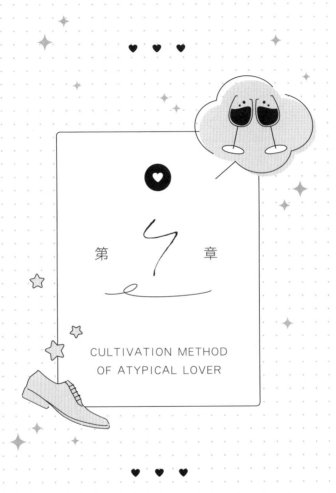

林澈的情緒來得快散得也快，睡了一覺醒來後，除了腦袋有些喝了酒後的脹痛以外，沒有其他任何不適。

董傅奕一早就去公司了，也不曉得是自己睡得太死，還是董傅奕有刻意放輕動作，林澈拿過手機看了眼時間，才驚覺自己這一覺竟然睡到快中午。

他揉了揉額角下了床，一邊刷牙盥洗一邊想董傅奕這個人真的很難捉摸。

會讓他陪笑敬酒，卻又注意分寸不讓他喝得太多；會為他找工作機會，卻又用不那麼動聽的話包裝成只是他們各取所需的籌碼。

蕭臨曦那天的勸告依稀在耳邊響起，說交易就是交易，有工作機會就大大方方的拿。

林澈吐掉嘴裡薄荷味的泡沫，漱了口又洗了把臉，抬頭看著鏡中的自己，扯出一個看起來還算高興的笑，水珠順著眉角滑到下巴，滴落回洗手臺裡。

林澈最近不忙，或者說入行以來他好像沒有真正意義上的忙過。

前一陣子客串的那部電視劇，他的戲份都已經結束了，這天也沒有排什麼需要進公司的行程。

中午草草吃過飯後，下午他就跑到附近的生鮮超市買食材，打算來蹂躪一下董傅奕的廚房。

董傅奕之前買的那一大堆肉跟青菜因為不能久放，大部分都讓徐一洋當員工福利帶回家給徐太太加菜了，剩下的一些分給了隔壁來打掃的清潔阿姨。阿姨人很好，常常會順便幫他們把垃圾拿下去扔。

他們只有兩個人，林澈又是個毫無經驗的廚房新手，東西不敢買得太多。

他照著預計嘗試的食譜東拿一點西拿一點，又為了以防萬一拿了幾碗泡麵，最後還是提了份量不輕的滿滿一袋雜貨回去。

雖然潘繼鳴說了不強求一定要真的會做菜，拍攝時也會有專業廚師現場指導。只不過切菜、下鍋、翻鍋、盛盤，這些被列在廚師基本功的動作，多多少少還是要會些皮毛，才不會等到正式開拍時，在鏡頭前動作破綻一堆。

董傅奕家的廚房很大，該有的廚具電器一應俱全，只是都很乾淨，沒有什麼使用痕跡。

林澈在乾淨的流理臺面架起平板，點開一個教人做菜的頻道，一邊循環播放一邊不甚熟練地洗菜切菜。

等到傍晚董傅奕回到家，先是聽見廚房裡一陣乒乒乓乓的聲響，好奇地放下公事包，邊鬆領帶邊走過去，才看一眼就了然地笑了，湊過去問：「做了些什麼？」廚房裡一團亂，流理臺上各種打開了的調味料、碎蛋殼和切了一半大小不一的蔬菜。

林澈正在炒菜鍋前手忙腳亂，見董傅奕進來了，連忙叫他出去外面等。

「我就看看。」董傅奕靠在牆邊，心情很好地看向套著淡藍色格紋圍裙的林澈忙東忙西的樣子，想了想，忽然問他：「有沒有要我幫忙的地方？」

林澈下意識就想回沒有，關火之際又突然想到外頭電子鍋裡的白飯不曉得煮好了沒，便道：「那你幫我看一下外面的飯煮得怎麼樣了。」

董傅奕說好，離開了不到一分鐘又走了回來，表情有些微妙地喚他：「林小澈。」

「嗯？」

「你電子鍋插頭沒插，飯還是生的。」

林澈簡直崩潰得想要大叫。

遲了近一個小時，歷經各種磨難費盡千辛萬苦，林澈最終端了四道看起來並不怎麼樣的菜上桌——番茄炒蛋、洋蔥炒蛋、胡蘿蔔炒蛋，以及最後一道豆干炒肉絲。賣相最好的是那兩碗白飯，只不過董傅奕以插頭是他插上去的為由，直接將煮飯的功勞攬到自己身上。

「只有蛋啊？」董傅奕從番茄炒蛋中夾出一塊碎蛋殼，隨口問道。

「這不是還有肉嗎？」林澈有些尷尬地乾笑了聲，用筷子撥了撥那盤醬油加得太多、顏色深得像是吃一口得配半碗飯的豆干炒肉絲。

「第一次嘗試嘛，總要給以後留下一點進步空間。」

雖然菜色單調、賣相不佳、味道也普通，可是董傅奕心情卻很好的樣子，整頓飯都吃得笑咪咪的。

林澈默默嚼著蛋味和洋蔥味完全沒有融合在一起的洋蔥炒蛋，一邊抬眸小心翼翼地觀察董傳奕，深怕他覺得太難吃，便要把昨天才開給他走的後門關回去。

「對了，還沒好好向你道謝。」

在吐出不曉得第幾塊碎蛋殼後，林澈抽了張面紙擦擦嘴，忽然抬頭看向董傳奕，認認真真地說：「謝謝你給我這個機會，我會好好表現，不會讓你丟臉。」

「沒事，我也不是你們圈子的，你演得好不好都不會影響到我。」董傳奕倒是無所謂地笑了笑。

「不過好好表現也好，對你未來發展也比較有幫助。」

這頓著實稱不上好吃的晚餐，董傳奕還是很給面子地將四盤都清空了，林澈對著滿桌空盤，心裡無端有種成就感。

他摸了摸自己的肚子，起身正要收碗盤，董傳奕卻忽然擋下他，自己整理了起來，「你做飯，我收拾，這樣才合理。」

林澈看著董傳奕收拾的動作，總感覺好像有哪裡不大對勁，卻只是愣愣地應了一聲，任他把空盤拿回廚房扔進洗碗機裡洗。

「其實我已經很久沒有吃到家常便飯了。」

飯後兩人懶懶散散地一人占據沙發一側，人手一顆蘋果，董傅奕啃了一口，忽然沒來由地開口。

「我是說像今天這種，家裡人煮的。」

林澈頓了頓，剛張開的嘴碰著帶了幾滴水珠的蘋果皮，一時間有些不曉得該怎麼接話。

他心想董傅奕的用詞有點不太嚴謹，他充其量就是個被包養的情人，用「家裡人」三個字，份量著實有些過重了。

並且林澈覺得董傅奕這個開頭似乎有點不妙，感覺就是要講些什麼有錢人不為人知的家族祕辛。

雖然聽聽八卦是不會有什麼損失，但他其實也不是很想知道得這麼深入。

「我家裡管得嚴，從小就把所有事情安排得明明白白，穿什麼衣服、吃什麼食物、讀什麼學校，甚至交什麼朋友都得按照我爸媽他們的意思來。後來我實在受不了，大學的時候就自己出來了，也不再和家裡拿錢，過了一段比較辛苦的日子。」

一如林澈所想，董傳奕起了個頭後，也不管他想不想聽，便兀自接著說下去。

「那時候認識一個學長，他知道我的情況，經常跟我交換條件，我幫他寫報告，他帶我回家吃飯。他媽做飯很好吃，都是一些很簡單的家常菜，但就是那種，我幾乎沒有體會過的家的味道。」

啊，果然來了。林澈邊喀嚓喀嚓啃著蘋果，心裡一邊想。

「前男友啊？」林澈漫不經心地隨口一問。

「不是。」董傳奕像聽到了什麼笑話一樣哼笑了出聲。

「我前男友是我的第一任特助，分手的時候還把公司一些機密的資料順手帶走。後來徵比較貼近我的職位就都只挑已婚的了，像徐一洋那種，不過這都是題外話。」

林澈很想吐槽會不會盜取公司機密跟已不已婚好像沒有什麼太大的關係，不過他還是選擇沉默，繼續聽董傳奕接著說。

「反正呢，後來學長畢業，全家移民到國外。我也開始著手準備創業，忙起來有時候根本顧不上吃飯，大多都是外面隨便買買將就著吃，然後就到了現在。」董傅奕語氣輕鬆，說罷又理直氣壯地側頭看向林澈，「雖然剛才那些菜味道很普通，但我還是吃得很高興，所以……我可以先點明天的菜嗎？」

話題跳得太快，林澈前一秒還在感慨原來大老闆也有這樣辛酸的過去，下一秒突然就被嗆了一句，還被問能不能點菜，讓他一時根本反應不過來。

林澈艱難地嚥下嘴裡的東西，在董傅奕殷切期盼的眼神下點開自己今天看著做的料理頻道，把手機遞了過去。

「只能點兩顆星以下的，再高階的我還不行，我怕炸了廚房。」

董傅奕笑著滑他的手機，一點也不客氣地把想吃的菜名都報了一輪。

之後董傅奕臨時接了個工作的電話，讓林澈先去洗澡休息後，便到書房處理公事去了。

林澈泡在偌大的浴缸裡，思緒紛飛複雜。

他對家庭其實沒有什麼概念，自有印象以來，他一直都是在育幼院生活，跟很多沒有血緣關係的人住在一起，吃的也都是廚房做的合菜，能吃飽就不錯了，哪還有挑挑揀揀甚至點菜的餘裕。

不過他對家也沒有太大的嚮往，能夠吃飽穿暖，做自己想做的事情，對現在的他來說就已經很好了。

林澈大半張臉埋在水下，鼻子呼嚕呼嚕在水面吐著泡泡。

他想，如果這種家常便飯就能讓金主滿意，那他多做幾頓也沒有關係。

反正菜錢有人貼補，還對工作有所幫助，倒也不虧。

潘繼鳴的團隊效率很高，不出兩天公司就通知他去簽約了。

在公司見到王哥的時候，對方朝他露出一種「你看吧」的曖昧笑意，林澈雖然感覺不是很舒服，卻也無從解釋起。

畢竟這個機會確確實實是董傅奕給他的，對外人來說就是金主和情人之間的交易，而實際上他們做了什麼、什麼沒做，那也只有彼此清楚。

好在簽約的過程很順利，扣除公司抽成，林澈還拿到了出道以來最優渥的片酬。

一直到在合約最後的簽名處落了款，他的心才徹底踏實了下來。

正式開拍前的這段空檔，林澈每天不是背劇本揣摩角色，就是買買菜下下廚，勤勞得很。

在廚藝這方面林澈的進步速度還算快，起碼現在打蛋不會再有碎蛋殼跑進碗裡。

他也大概摸清董傳奕的口味，喜歡辣、不怎麼喜歡酸，基本上不太挑食，目前唯一不願意吃的菜是茄子。

前兩天他弄了道醬燒茄子，調味他自己挺滿意的，還多放了辣椒，誰知一向很給面子、每次都清盤清得很乾淨的董傳奕，那天晚上就那盤菜一直沒有碰。

林澈主動夾了一口想讓他試試，他更是手快地拿著碗往後一縮，說什麼茄子是不應該存在於世界上的食物，還扳著張臉跟林澈說以後家裡不准出現茄子。

那還是董傳奕第一次用比較重的語氣和他說話，為的竟然是區區幾根茄子，讓林澈覺得他幼稚又神經病以外，莫名又有些好笑。

這一小段日子相處下來，林澈也漸漸習慣了和董傳奕一起生活。

習慣家裡成對的牙刷牙杯、睡衣拖鞋，習慣董傳奕偶爾突如其來的不按牌理出牌，他甚至習慣了每天晚上睡覺時身旁有其他人的體溫。

這一個月的時間裡，董傅奕依然沒提起任何要和他上床的要求，兩個人清清白白，比起包養關係，林澈覺得他們更像是睡在一張床上的同居室友。

只是不曉得從什麼時候開始，也不曉得是誰先起的頭，只知道自從某一次兩人睡著睡著滾到了一起後，在那之後的每一晚，他們中間紳士的半臂寬距離就完全消失了。

大多時候董傅奕都是從背後摟著林澈睡，偶爾幾個董傅奕睡比較晚的早晨，林澈醒來時會發現自己在董傅奕懷裡。

一睜眼，視野所及就是那令人頭皮發麻的騷紫色，有時候是亮黃色，或者蘋果綠，但無論是哪種顏色，都能讓他瞬間清醒。

非常具有提神醒腦的效果。

林澈有時會想，也許是因為從小在那樣極為壓抑的環境下成長，過大的壓力才導致了董傅奕在長大自由後徹底解放自我，從而造就現在這種令人匪夷所思的……奇異審美。

……想想也是挺可憐的。

董傳奕這天難得早早回來，四點多天還很亮的時候，客廳裡正在盤算今天煮點什麼的林澈就聽見大門處傳來開鎖聲。

「你今天這麼早啊？」林澈放下手機，看著玄關處換鞋的董傳奕說。

「嗯，回來收拾一下。」董傳奕換好拖鞋，對著林澈笑了下，「今天晚餐出去吃。」

林澈茫然地眨了眨眼，「啊？又有導演要見嗎？」

董傳奕彎進廚房洗了手，再走回來用溼漉漉的掌心揉了揉林澈蓬軟的腦袋。

「你多想了，一部都還沒開始拍呢哪來這麼多導演。今天帶你出去吃飯，順便發薪水。」

林澈小小聲地「哦」了一聲，想著時間過得還真快，一個月就這樣過去了。

「怎麼，領薪水不高興啊？」見林澈興致不高的樣子，董傳奕捻起他一綹髮絲，用指腹輕輕搓揉。

「沒有啊，怎麼會，高興死了。」林澈扯了扯嘴角，「為了報答你，明天想吃什麼，讓你先點。」

「說到這個，等我一下。」董傳奕返身去玄關拿了個袋子，從裡頭變出一個玻璃便當盒，遞到林澈面前。

「我明天開始想要帶便當去公司，中午的時候吃。」

「啥？」林澈還以為自己聽錯了，抬起頭問：「不是，你們公司不是有廚房供餐嗎？」

董傅奕的公司雖然不算特別大，但福利很好，除了優於同類型企業的薪資和休假制度外，還專門設了廚房提供員工一日三餐，晚上加班也不用怕餓肚子。

「吃膩了。」董傅奕理直氣壯道：「公司有些員工也都是自己帶便當啊，像徐一洋，每天中午都吃他太太做的愛心便當，我也想要。」

董傅奕的語氣實在是過於理所當然，讓林澈一句「我又不是你老婆」卡在喉嚨，糾結了老半天終究還是沒有脫口。

僵持半晌，林澈嘆了口氣，還是伸手接過便當盒。

「好吧，不過要我有空才行，如果有工作或之後進劇組了就沒辦法了喔。」

「那當然。」董傅奕心情愉悅地點頭，按著林澈的腦袋晃了晃，「好了，我去換身衣服，等等就出門。」

董傅奕訂的餐廳有點遠，五點多開車出門，到六點半才抵達目的地。

那是間會員制餐廳，據董傅奕的說法是他高中的一個好哥們開的，還得意洋洋地說別人預約得排半年以上，他早上一通電話就喬出當晚的位置了。

餐廳位在相當隱蔽的一條巷子內，建築外觀看上去也很低調且樸素。

唯一最不低調的是林澈身旁的這個人，他穿著上次逛街買的那套金燦燦的西裝，在逐漸昏暗的天色下渾身都還閃閃發光。

幸好他們是在沒什麼人的巷子裡，不至於太引人注目。

董傅奕搭著林澈的肩膀推門而入。

餐廳很小，含吧檯一共也就能容納差不多十個人，不過裝潢倒是比外面精緻許多。空間雖然不大，但從頂上的水晶吊燈到底下的桌椅酒櫃，看得出來都是經過精心設計挑選，並且看起來價格不菲。

一進門就有人領著他們入座，中途經過幾桌已經在用餐的客人，都頻頻用一種不至於太失禮但又有點愕然的眼神看向他們……準確一點來說，是看向董傅奕。

只是林澈被董傅奕摟著，旁人投射而來的異樣眼光自然也無可避免地掃到他。

所幸這段路不長，落座後沒一會，一個微胖的男人走到他們這桌，像是對董傅奕的奇裝異服見怪不怪，臉上掛滿笑意地拍了下他的背，和他打招呼。

「好久不見了老董，為了你我還推了晚上的另一組VIP，夠意思了吧？」

「謝了兄弟。」董傅奕笑著撞了下他的腰，又向對面的林澈介紹。

「這是餐廳老闆張樵，剛在車上跟你說的，我高中時一個很好的朋友。」

說罷他又偏頭看向張樵，抬了抬下巴說：「這是林澈。」

張樵顯然沒認出林澈是個演員，視線在他們之間來回掃了幾圈，而後了然地對董傅奕曖昧地眨眨眼，「新歡啊？」

而董傅奕只是輕輕地「啊」了一聲，並沒有對這句「新歡」做更精確的解釋。

只有林澈在一旁聽著莫名有些不大自在，覺得張樵口中的新歡和他們真實的關係應該不太一樣。

「不錯嘛，老樹終於開花了。你上次帶新歡來都什麼時候的事了？」張樵打趣道：「有沒有十年了？」

董傅奕笑罵了聲「靠」，推了他一把，「快滾去上菜吧你。」

「好啦不打擾你們了，先喝茶，我去後面準備一下。等一下想喝什麼酒再跟我們家服務生說就好，沒有的話我等等看著幫你們配。」

「你隨便配吧，我們不挑。」

整頓晚飯都是張樵親自替他們上菜，為他們講解使用的食材還幫他們配酒。每道菜的份量都不算太多，但用料很新鮮，調味得也恰到好處，配上張樵搭的酒還能嘗出別樣的層次。

林澈從未享受過這樣的待遇，也沒嘗過張樵這種幾乎無可挑剔的手藝，一邊吃一邊連連驚嘆。

吃到後面配了幾杯酒下肚，林澈身子微微發熱，話也多了起來，主動問董傅奕。

「你朋友這麼會做菜，你怎麼還吃得下去我做的那些比起來就很⋯⋯暗黑的料裡啊？」

董傅奕被他的話逗得一樂，笑道：「那不一樣。」

林澈不解地問：「哪裡不一樣？」

董傳奕慢條斯理地切開盤子裡熟度恰好的牛排，沾了些許一旁的特製醬汁，送入口之前彎著眼看了看他。

「他是為了工作，每天都要做飯給很多人吃。但你是為了我，你只做給我吃，當然不一樣了。」

林澈下意識就想回追根究柢自己下廚也是為了工作，可是看董傳奕一臉春風得意的模樣，又默默將吐槽嚥了回去。

畢竟金主高興，自己才有甜頭吃。

在最後一道甜點吃得差不多的時候，董傳奕掏了張卡推到林澈面前。林澈還以為那是要叫他去結帳的意思，半舉起手正要招服務生，被董傳奕笑著攔下來。

「這是給你的，密碼是你生日，有空再自己去改一下，以後每個月十號會固定匯款到這張卡的戶頭。」董傳奕從容地端起酒杯。

「這一個月下來我挺滿意的，所以比原本談好的再多加了點，以後繼續努力努力，應該很快就能存筆私房錢了。」

林澈目光微斂，指腹摩挲著金融卡平滑的邊緣，心頭思緒萬千。

一方面覺得這錢拿得有些燙手，畢竟除了做做飯，自己好像沒真做什麼情人該做的事。

另一方面這錢又讓他認清了現實，他終究還是成為了自己曾經不齒的那種人。

恍惚之際，只見董傅奕斜傾酒杯，和他的輕輕碰了一下，說：「一個月快樂，林小澈。」

玻璃相撞發出脆亮的聲響，林澈抬眸看著董傅奕眼底鮮明的笑意，心裡某一處，彷彿隨著剛剛那一聲脆響，和董傅奕的一字一句，逐漸崩落瓦解。

第5章

CULTIVATION METHOD
OF ATYPICAL LOVER

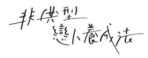

兩個人都喝了酒，沒辦法開車，最後還是服務生替他們叫了代駕。

雖然酒量都不算非常好，但也沒喝得太多，回程的路上他們帶著三分醉意保持七分清醒，坐在後座有一搭沒一搭地閒聊。

轉彎時由於路面不平，車身晃了一下，頭腦有些發昏的林澈也跟著向側邊傾倒，半邊身子壓在董傅奕身上。

鼻息間頓時充盈著酒味，和對方身上淡淡的古龍水香混雜在一起，莫名地協調好聞。

林澈睏倦地閉了閉眼，順勢將頭抵在董傅奕肩上，打算小睡一會。

董傅奕體貼地調整了一下姿勢，一手攬住他的腰，讓林澈能靠得更舒服。

回到家後林澈精神已經恢復得差不多了，只剩頭還有點暈。

他把董傅奕給他的卡隨手塞進抽屜，而後打開衣櫃拿了睡衣打算先去洗個澡。

董傅奕晚了他幾步回房，聽見浴室裡的水聲後輕勾了下唇角，剛想去外頭另一間浴室也沖個澡，忽然一道門把擰動的細微聲響傳入耳裡。

董傅奕回過身，意外地看見林澈從門板後面探出腦袋，露出半邊光裸的肩膀，表情有些侷促地問他：「你要……要一起嗎？」

董傅奕挑起眉，沒有馬上上前，而是停在原地反問：「你確定？」

他這一問，把林澈剛剛好不容易積攢起來的勇氣給揮去了大半，扒著門沿支支吾吾，「確定……吧……」

「可是你的表情看起來好像不是很確定的樣子。」

董傅奕擱下手裡的睡衣褲，面向林澈，悠悠哉哉地扯鬆領帶、解起自己襯衫鈕釦。

林澈看著對方從容自得的模樣，抓著門板的手指用力了幾分，惱羞成怒道：「快一點啊！再拖拖拉拉我的羞恥心就要回來了！」

「來了來了，別急啊。」董傅奕哈哈大笑，三兩下把上身的領帶襯衫脫了隨手一扔，大步走向半開的浴室。

林澈的羞恥心在董傅奕光著上半身踏進浴室的瞬間就撿回得差不多了，但畢竟是自己起的頭，再羞恥也實在不好反悔。

董傅奕當著他的面打開鏡子，從後頭的置物架摸出兩樣東西——一管潤滑液、和一盒保險套。

兩樣東西都是全新未開過封，就是不曉得董傅奕什麼時候準備的。

「這都是你住進來的第一天買的，一直沒機會用到。」

像是聽見了林澈的心聲，董傅奕將拿出來的東西隨意擺在洗手臺上，一邊低頭解皮帶一邊解釋道。

「客廳、廚房、陽臺和我書房也都有，你下次可以找找。」

「又不是什麼尋寶遊戲，我才不找。」林澈小聲嘟囔，目光不由自主地掃向董傅奕赤裸的上身。

也不是第一次看這人半裸了，每看一次林澈還是會忍不住感慨，這個年近四十的傢伙身材怎麼還能保持得這麼好。

該有的胸肌腹肌一樣不少，線條流暢分明，視線順著腰腹那兩道深深的溝壑向腿間匯聚，再對上董傅奕褪去褲子、沒有了遮擋的腿間。

林澈驟然被那半勃性器的尺寸震懾得一愣，喃喃道：「靠……這也太大了吧……」

董傅奕輕笑出聲，似乎很滿意林澈的反應，把人抵在洗手臺邊，低下頭湊近他，「大不好嗎？」

倒也不是好不好的問題，只是男人都存在著一點比較心理，董傅奕這個遠優於亞洲男人平均尺寸的大小，硬生生把林澈比得有些自卑了。

只是來不及自卑太久，林澈就發現自己也隱隱起了反應，腿間慢慢勃起的部位幾乎和董傅奕的靠攏在一起。

這也不能怪他，再怎麼說他也是身心健全的男人，許久沒開葷，現在有個各方面條件都不錯的裸男貼著自己，要是沒反應他恐怕得去檢查性功能了。

董傅奕的吻在林澈還在分神的時候壓了下來，他頓了一頓，才反應過來地閉上眼，心跳一瞬間快得彷彿要從心口裡跳出來一樣。

睽違一個多月後兩人之間的第一個吻，董傅奕並未太過深入，僅是輕輕貼著摩挲，感受那雙同樣帶著酒氣的薄唇，搭在林澈腰上的大手也沒閒著，帶繭的掌心不斷撫摸著他腰間敏感的皮肉，有意點火。

只是淺淡的親吻間，林澈竟很快就完全勃起了。

他面色通紅，在心裡將一切歸咎到董傅奕身上。畢竟和人同居就是這點不方便，偶爾幾個深夜有那方面的衝動，卻顧及旁邊還睡著另一個人，都不好做點什麼，才會在這點撩撥下輕易就起了反應。

董傅奕自然不曉得林澈心裡的埋怨與糾結，他半睜開眼觀察著對方的反應，確定他沒有一點排斥後，便張開嘴，含住他的下唇細細地吮，同時騰出一手去勾那罐潤滑液，單手扭開蓋子，擠了點在自己手上。

沒一會，還沉浸在董傅奕細緻親吻裡的林澈，敏銳地察覺到股間一涼，下意識一縮。

「放鬆點。」董傅奕輕咬林澈的下唇含糊道，沾了潤滑液的指頭在他閉合的穴口四周按揉。

「別怕，不會讓你受傷的，上次不是也沒讓你受傷嗎？嗯？」

一提到那個根本什麼都沒發生的「上一次」，林澈就心底發虛。

為了不讓董傅奕發現異樣，林澈主動抬起手環住他的脖頸，將分開了一些的嘴唇貼緊，也敞開雙腿，努力讓自己放鬆下來。

董傅奕的動作確實很細膩很溫柔，一根微涼的指節探入時，除了異物侵入的異樣感，林澈沒感覺到一絲疼痛。

溼滑的手指擠開絞緊的內壁，指腹緩慢地摩擦著緊緻的內裡。

抽插了許久，董傅奕才抽出溼淋淋的指頭，又添了點潤滑，再插入的時候兩指並行，速度也比方才快上幾分。

董傅奕一面擴張一面探尋林澈體內的敏感點，當指腹按壓到某一處時，林澈繞著董傅奕脖頸的手臂忽然收緊，喉間發出了聲長而細的呻吟。

「是這裡啊，也不是很難找。」董傅奕貼著林澈的嘴唇低喃，語氣間盡是掩不住的笑意。

他的手指不斷在那處研磨，磨得林澈痠麻得有些受不了，一雙腿都止不住地顫抖。

林澈忍不住挺腰，用自己脹得淌水的陰莖去蹭董傅奕的下腹，卻越蹭越癢，越蹭越想要更多。

董傳奕不曉得是不是故意的，不論林澈蹭得再怎麼賣力、吻得再怎麼投入，他的動作依舊不緊不慢，照著自己的頻率抽送、增加手指，非把林澈那處搗得溼軟無比，潤滑和腸液混著流滿整個股間，才慢條斯理地抽出手指，將手上水液抹在林澈發顫的臀尖。

「舒服嗎？」董傳奕舔了下林澈的嘴角，滿意地看著懷裡的人被他弄得雙目迷離的模樣，「乖點，等等給你更舒服的。」

他讓林澈坐到洗手臺面上，伸手拿過保險套，撕開戴上一氣呵成。

林澈雙腿成M字形曲起，董傳奕按著他的膝蓋，圓潤飽滿的龜頭抵上鬆軟的穴口，輕輕一頂，就將自己送了大半進去。

董傳奕低著頭，專注看著林澈吞食自己的香豔畫面，只是看沒一會，眼前忽然一暗，林澈伸手擋住他赤裸直白的目光。

董傳奕低低一笑，倒沒伸手去拉，在驟然晦暗的視野下繼續向前挺進，一面啞聲道：「又不是第一次了，害羞什麼？」

雖然自己完全沒有一點印象，但董傳奕始終深信他和林澈有過一場相當美妙激烈的初夜，他們彼此親吻擁抱、撫摸占有，該做的都做過了，林澈其實沒有必要害羞。

不過這樣生澀純情的表現也挺好的，不影響他想要接著做下去的興致。

董傅奕緩緩將自己推送至底，儘管隔著一層乳膠薄膜，依然能清晰地感受到裹著他莖柱吸夾的炙熱溫度。

比手指更粗長一倍不止的東西進入身體，林澈卻一點也沒感覺到疼痛，只覺得很熱也很脹，體內好像被填滿了一樣。

遮擋著董傅奕視線的手很快就無力地垂了下來，隨著一記擦過敏感點的深插，董傅奕身子緊緊貼靠著他的，傾過頭重新堵住他半啟的唇瓣。

董傅奕給予的快感是循序漸進的，親吻、愛撫、到每一記抽插頂弄都溫柔至極，讓人無法不耽溺其中。

當董傅奕含笑的嘴唇順著林澈凸出的喉結下滑，抵上他胸前挺翹的乳粒，舌尖碾磨吮吸，林澈再也忍耐不住仰高脖頸呻吟出聲。

他難耐地握住自己胯間無人安撫、可憐兮兮流著水的陰莖，用比董傅奕在他體內馳騁還要來得快而重的頻率撫慰自己。

董傅奕見狀，配合著他也加快了速度，一下下都往林澈最脆弱敏感的那處集中攻擊。

黏膩的水聲越來越響，堆在下腹的快意也越積越多，可是林澈卻覺得不夠，遠遠不夠。

他用沾了不少前列腺液的手去抓董傅奕的肩膀，瞇著眼啞著聲吃力地喚他：「董、董老闆……再快一點……」

董傅奕聞言抬頭，伸手撥了撥林澈沾黏在額前的髮絲，笑道：「這種時候就別叫老闆了吧，換個別的來聽聽，叫得好馬上就讓你高潮。」

此時此刻林澈已經幾乎無法思考了，早前沒有完全散去的酒精與濃重的欲望讓他腦袋發暈，張了張嘴，帶著一點鼻音下意識地就喊了一聲：「……老公、老公給我……」

董傅奕驀然一怔，他原以為林澈願意叫聲哥就已經很不錯了，沒想到張口就直接來了個猛的，聽得他耳根一熱一麻，還埋在對方體內的性器跳了跳，差點就直接繳械投降。

「嘶——」董傅奕倒吸了口氣，方才還有的一星半點從容餘裕，此時此刻全都被林澈這一聲殺傷力十足的「老公」統統擊垮了。

他興奮得眼睛發紅，手指輕揉他微腫的下唇，哄誘道：「林小澈，再叫一聲，嗯？」

林澈卻像是反應過來自己剛才都喊了些什麼，緊抿著唇漲紅著臉使勁搖頭，說什麼也不肯再叫。

董傅奕想著反正來日方長，便也沒再逼迫林澈，一手扣住他的後腦深深吻上去，另一手取代林澈自己的手包住他的性器，隨著越發深重的撞擊，給予他最後一點最強烈的快意。

不一會，林澈難以自控地咬住董傅奕探進他口腔的舌尖，蜷曲腳趾，大腿緊緊夾著對方結實精壯的腰桿顫抖，射精的同時眼前似有白光閃現而過。

意識被高潮席捲吞沒的那一刻，林澈僅存少許的意志在不斷叫囂——媽的，這也太爽了。

林澈隔天醒來頭腦昏脹又腰腿痠軟，明顯就是宿醉加上縱欲過度的後遺症。

昨晚的記憶並沒有隨著褪去的醉意一起消失，他甚至能夠清楚地想起自己在最失控時是怎麼叫董傅奕的。

思及至此，林澈的臉又熱了起來，他在只剩自己一人的大床上翻來翻去，逃避著不想起來。

只是沒過多久，比他早起且精神煥發的董傅奕回到房裡，見林澈裹著被子在床上滾動，好笑地走上前，「還在回味啊？」

林澈聽到董傅奕的聲音，頓了頓，立刻拉下被子否認，「沒有！」

董傅奕心情很好地勾著唇角，伸手探了探林澈額間的溫度，確定沒有發燒後，一把將他本來就睡得亂翹的頭髮揉得更凌亂。

「沒有就起來吧，我買了點早餐，弄一弄就出來吃吧。」

一次的親密接觸多多少少還是讓他們之間的關係產生了細微的變化。

接下來的整整一天，董傅奕什麼事也沒做，就陪著林澈，陪他讀劇本、陪他對戲。

雖然是週末，但前幾個星期董傅奕也沒鬧到整天都守著他，這讓林澈有些不自在，問他：「你今天怎麼這麼閒啊？」

「陪你不好嗎？」董傅奕親暱地輕捏他的後頸，「之前那次剛好我臨時有事，沒有等到你醒來，今天就當補償了。」

林澈嘴唇動了動，遲疑了一會，終究還是沒把當初的誤會解釋清楚，只心虛地別開眼，淡淡應了聲：「……哦。」

之後的日子過得大同小異，林澈每天就是看看劇本煮煮菜、替董傅奕準備便當。

有行程安排就去工作或者上課，沒有就一整天耗在家裡，很快就到林澈要進劇組的前一天。

其實以林澈並不多的戲份來說，用不著一開機就馬上去報到，可是他畢竟第一次拍電影，難得有這樣的機會，自然是想從頭跟到尾。

電影前半的拍攝地點在東部一個較為偏遠的村落取景，為期大約半個到一個月，之後才會回到市區接續拍攝。

意味著接下來的一段時間林澈都得跟著劇組住在外地，董傅奕得自己獨守空閨。

「早知道這麼遠，當初就不幫你牽線了。」

董傅奕坐在床邊看著林澈收拾行李的樣子，半真半假地抱怨道，一邊伸長腿，用腳趾勾出林澈剛摺好放進行李箱的四角褲，「飯都沒得吃了。」

「別鬧。」林澈拍了下董傅奕作亂的小腿，重新撿回那條散開的四角褲摺疊放好，沒好氣地說。

「你已經搗亂了快一個小時了，我明天還要一大早趕去車站呢。」

「小沒良心的。」董傅奕「呿」了聲，收回了腿，沒再繼續添亂。

兩個人朝夕相處說長不長的這些日子，或多或少都已經習慣了有彼此在的生活，驟然要分開一段時間，難免都有些不適應。

特別是董傅奕，他天天吃林澈煮的飯、天天抱著林澈睡覺。現在林澈要進劇組拍戲了，先不說吃飯的問題，晚上懷裡少了點東西，都不知道能不能睡得著。

「好啦，又不是不回來了。」好不容易收拾完行李，林澈闔上行李箱隨手往牆邊一推，維持著蹲在地上的姿勢，按住董傅奕的膝蓋晃了晃，抬頭哄道。

「潘導說了會有專業廚師跟著劇組，你不是想吃紅燒牛腩嗎？我趁空檔去討教討教，說不定回來就能做給你吃了。」

董傅奕哼哼兩聲，臉色倒是輕易就緩和下來了。

林澈順勢坐上床，手向旁邊伸了伸，用小拇指勾住董傅奕的手指，暗示性十足地小聲問他：「那你今天……要做嗎？」

董傅奕挑眉看了他一眼，本來繃得直直的嘴角再也忍不住地上揚了幾分，他反手握住林澈的手，十指緊扣，搖了搖頭。

「今天就算了，還是早點睡吧，明天早上我送你去車站。」

「啊？」林澈一怔，下意識拒絕。

「不用啊，我自己搭車過去就好，你不是還要上班嗎？又不順路，太麻煩了。」

「不用替我覺得麻煩。」董傅奕曲起指節敲了下林澈的腦袋。

「我好歹也是老闆，想幾點上班就幾點上班，誰敢記我遲到曠職？」

「當老闆也不能這麼任性啊……」林澈嘆了口氣，但也說不過對方，肩膀一聳隨便他了。

「我下午煮了些比較耐放的菜，用保鮮盒裝著放在冰箱，微波爐加熱就可以吃了。應該……可以放個幾天吧。」

「才幾天。」董傅奕下巴抵在林澈頭頂蹭了蹭，語氣有些幼稚且不情不願，「吃完就沒了。」

林澈心裡一陣無語，也不曉得是不是自己的錯覺，他總覺得自從那次睡過以後，董傅奕好像越來越纏人了。

也不是天天抓著他上床的那種纏，而是生活上處處都依賴著他那樣。

說起來自從上次那晚浴室激情過後，他們就沒再做過了。林澈沒主動提，董傅奕也沒向他要，兩個人又這麼相安無事清清白白地睡了好幾個晚上。

要不是那晚親自嘗過瀕臨失控的滋味，林澈還真會懷疑自己這個金主可能不舉，不然怎麼可能每天抱著睡一起還能這麼無欲無求，連晨勃都沒有幾次。

等到躺上床關了燈後，林澈一如既往被董傅奕從身後攬住腰，董傅奕灼熱的呼吸貼在他的後頸，讓他有些心猿意馬，腳背勾著對方的小腿磨了磨，在一片黑暗之中小聲開口，「真的不做啊？」

很快身後就響起一陣慵懶的悶笑聲，跟著是搭在他肚子上的手揉了揉，而後往下挪了幾吋。

「你真想要的話也不是不行啦，只是我沒想到，原來你這麼欲求不滿啊林小澈。」

最後一句話董傳奕幾乎是貼在林澈耳邊說的，低啞又曖昧，讓林澈忍不住縮了下肩膀。

在幾度權衡利弊後，還是將董傳奕亂揉亂捏的那手抓回自己肚子上放好，閉上眼不再去想那些有的沒的。

隔天一早董傳奕把林澈送到車站附近。

大清早的路上基本上沒什麼人，又仗著車窗做了防窺處理，外頭看不清裡面，董傳奕一把勾過林澈的脖子湊上前，胡亂啃了一通，把林澈吻得幾乎喘不過氣才願意鬆手。

「去那邊好好照顧自己，別受傷別生病。」董傅奕溫柔揩去林澈唇角的水光，溫聲叮嚀。

「我盡量吧……」林澈揉了揉鼻子，想了想，也交待董傅奕。

「你也是啊，自己在家要記得按時吃飯，不要老是大半夜爬起來工作不睡覺，記得要好好休息。」

董傅奕笑了笑，捏了把林澈的臉頰，隨口道：「管得倒是挺寬。」

林澈一愣，明知道董傅奕大概就是無心隨口一說，卻還是被刺了一下。

他自嘲地想董傅奕說的也沒有錯，他就一個沒名沒分的情人，管這麼多確實是有些踰矩了。

所幸就在林澈單方面覺得尷尬之際，潘繼鳴的助理打了通電話來問他人到哪裡了，他看了下時間也差不多了，便在董傅奕察覺到異樣之前匆匆道別下車。

直到跟著劇組一行人坐上約四個小時車程的火車，林澈頭靠著窗，看著窗外迅速倒退的風景，心想一定是這一陣子過得太安逸，和董傅奕的相處也太自然，才會差一點就忘了蕭臨曦當初的勸告。

——千萬不要覺得自己是特別的。

進劇組的第一天，大半時間都花在交通上。

下了火車之後又搭了一個多小時的巴士，路程相當崎嶇，晃得林澈都快吐了才抵達目的地，一個人筋疲力盡地拖著行李跟在稀稀落落的幾個人後頭。

林澈原本有個助理，後來覺得跟在他身邊沒什麼前景，就跑回去念書進修了。再之後因為林澈本身工作也不多，加上公司人力亦不那麼充裕，遲遲沒有再補新的助理給他。

有沒有助理對林澈而言其實都差不多，只是當自己一個人孤零零地在後面推行李箱，看著前頭幾個有人幫忙撐傘遮陽拿重物的藝人，不免還是感到有些心酸。

正當林澈感慨之時，一旁突然傳來一聲驚呼。

他順著聲音方向看過去，只見剛才一直走在他斜前方一個瘦瘦矮矮的女孩子，手上袋子的提把斷了，東西掉了一地，他連忙上前幫忙撿。

「謝謝謝謝，真是不好意思麻煩你了。」

在兩個人手忙腳亂將地上的東西都撿起來裝好後，那女孩子才紅著一張臉向林澈道謝。

「沒事，這個我幫妳拿吧？我行李箱上可以放，等下再找個袋子換。」

林澈看著她單薄的肩上背著比自己還要多的東西，輕出了口氣，向她伸手。

「後背包也給我吧，我東西比較少。」

林澈想想覺得有點好笑，才剛羨慕別人有助理幫忙，結果轉頭就自己幹起了助理的活。

路程中隨意閒聊了一下，林澈才知道對方叫喬葳，是攝影組的助理。

因為資歷淺、脾氣又軟，經常被同組的其他前輩使喚來使喚去，什麼吃力不討好的雜事統統丟給她。

就像林澈剛才見到的那樣。

「你是哪一個組的啊？以前好像沒見過你。」聊著聊著，喬葳忽然問他。

「我是演員，不過第一次拍電影，戲份也不多，算是……來觀摩學習的。」

圈裡像喬葳這種完全不認識他的人林澈見多了，他只是習慣性淡淡地笑了一下。

「啊，怪不得你長得這麼好看。」

喬葳誇得很真誠，又為了感謝林澈今天的幫忙，便和他說：「你哪場戲到時候再跟我講一下，我請師父把你拍好看一點。」

「那就先謝謝妳了。」林澈笑著回道，並沒把這事太放在心上。

第6章

CULTIVATION METHOD
OF ATYPICAL LOVER

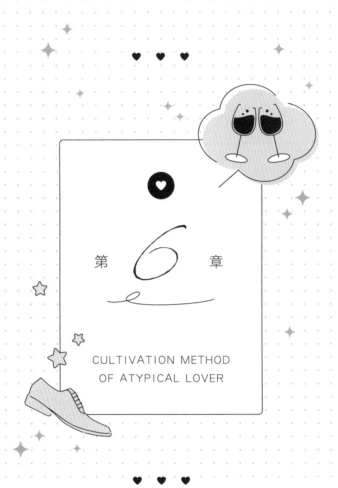

《啞廚》的開機儀式辦得很簡單，現場也沒有請來太多媒體記者。所有工作人員、演員都拿香拜過，又象徵性地拍了幾張照後，便散開來各自回去工作崗位了。

第一天不拍攝，拜完拜後，演員們隨著工作人員的引導先到附近唯一的旅館分房休息。

這裡的條件並不是很好，旅館只有一間，房間也不多。

除了主要演員——例如飾演主角啞廚的上屆影帝得主周志坤能夠單人一間外，其他像林澈這種名不見經傳的小演員和工作人員，大多都得兩到四個人睡一間房。

跟林澈分到同一間房的是同為配角的柯呈夫，以前和他沒有過什麼交集。

也不曉得是不是自己的錯覺，林澈總覺得柯呈夫對自己頗有敵意，除了無視主動打招呼的他，還一聲不吭逕自占據靠牆的那張床。

林澈默默放下半舉起的手，雖然不曉得自己是哪裡得罪對方，但以前也不是沒遇過這種冷漠的人，貼過一次冷屁股後他就會主動保持距離，避免製造任何衝突。

儘管接下來將近一個月的時間兩個人都得在同一間房裡大眼瞪小眼，有一點尷尬就是了。

等到隔天正式開拍後，林澈便再也無暇在意這無解的人際問題。他在這裡的戲只有一場，拍攝時間排在比較後期，大多數時候他都在片場觀摩，偶爾臨時哪一組人手不足就去幫個忙。

也因為隨和好相處的性格，林澈很快就跟劇組人員混得很熟。就連身為老前輩的周志坤對林澈的印象也很好。

為了能更融入角色，周志坤在片場幾乎不說話，和人交流多半都是比手語。很少有人看得懂他在比什麼，而林澈正是那少數之一，還替對方充當過幾次臨時翻譯。

林澈其實只花了進劇組前那一個月的空檔在家自學，學得也沒有很精，但簡單的一些還看得懂。當初也只是學好玩的，沒想到真能用得上。

林澈在劇組混得還不錯，可是並不是所有人都吃他這套，他混得越好，柯呈夫對他那莫名的敵意就越深。

柯呈夫回房間的時間都很晚，好幾天都是凌晨才回來，也從來不會顧及林澈是不是已經休息了，洗澡吹頭髮都沒在控制音量的。

好幾次林澈都睡著了，卻又大半夜被對方毫不收斂的聲音吵醒。

起初林澈也嘗試過和他溝通，可是柯呈夫始終都是一副「你不爽你可以滾」的態度。

這地方畢竟鳥不生蛋，也不是說滾就能滾的，林澈又不想麻煩別人，最後也只能弄來幾副耳塞，晚上睡覺時將就著用。

不過也因為柯呈夫經常晚歸，才讓林澈有私人空間可以應付董傅奕每天的電話騷擾。

在董傅奕半強硬的要求下，林澈每晚收工回房後，睡前都會固定和董傅奕通電話。

聊的內容很瑣碎，比較常是董傅奕在抱怨哪個客戶又提不合理要求、哪個部門又出包，把他當樹洞一樣傾吐各種雜事。

林澈卻意外地發現自己沒有任何不耐煩。

儘管有時候跟了一整天的戲回去幾乎累癱了，還是願意花個十幾二十分鐘聽董傅奕講這些他聽不太懂的事情，聽他最後說一句晚安，才能好好閉上眼睛。

林澈心裡清楚這種習慣對他們的關係來說可能不太正常，但一時也不曉得該如何抽離，只好暫時將計就計、順其自然。

隔天終於要輪到林澈那場戲了，晚上和董傅奕講電話時林澈整個人精神格外亢奮，話也比之前還要多。

只是才聊了一半，林澈耳尖地聽見門鎖跳開的聲音，他頓了一下，下意識抬頭看了眼時間，發現還不到十一點，柯呈夫不應該這個時間點回來才對。

「我室友回來了，先這樣吧。」

才剛說完這句，沒過幾秒柯呈夫就走了進來。

林澈不想被聽，無奈之下只得匆匆小聲向電話那端的董傅奕說：「你早點休息，晚安。」

林澈匆忙掛電話的反應被柯呈夫盡收眼底，他斜睨了一眼，陰陽怪氣道：「躲躲藏藏的幹嘛，偷情啊？」

林澈握著微微發熱的手機，眉峰輕抬，「我一直很好奇，你為什麼這麼針對我？」

「我為什麼針對你，你自己心裡沒底嗎？」柯呈夫聞言忍不住嗤笑，語氣含尖帶刺。

「小州這個角色怎麼來的你不會真以為沒人知道吧？這角色本來都已經定好人選，結果被你一個不知道從哪空降來的傢伙搶了。我朋友人還在醫院躺著，你卻不要臉的在這裡占了人家的工作機會，還好意思問我為什麼針對你？」

這還是柯呈夫頭一次和林澈講這麼一長串話，但話中處處帶刺，扎得林澈一時半刻反應不過來。

他確實不是靠正規試鏡拿到角色的，講難聽一點，小州這個角色的確就是他走後門拿到的，這點他無從辯駁。

只是從最開始的那場飯局，何肅和潘繼鳴都只說這部電影剛好缺一個配角，林澈從頭到尾都不知道這個角色原來是別人的。

「我朋友為了這角色付出了多少，做了多少努力。你呢？給哪個富婆還是富商隨便吹個枕頭風，輕輕鬆鬆就拿到本該屬於別人的東西。」

柯呈夫見林澈不說話，認為他是心虛，語氣便更咄咄逼人。

「你爸媽沒教過你搶別人的東西很不道德嗎？哦對，忘記你沒有爸媽教，怪不得啊，呵。」

一聲冷笑過後，柯呈夫不再搭理他，拿了自己的換洗衣物就閃進浴室裡，獨留林澈一個人茫然地坐在床上。

為了這幾年來難得一次的機會，就算最後成片剪出來可能也只有短短幾分鐘。但就為了那幾分鐘，薄薄的幾頁劇本都快被他翻爛了，自己那幾句臺詞也都記得滾瓜爛熟，甚至作夢都在練習走位。

為了在鏡頭裡看起來更自然，過去二十多年從未下過廚的他每天練習切菜翻鍋，手上留了不少燙到切到的疤痕，但也始終沒有過任何怨言。

他就不努力嗎？他就很輕鬆嗎？

原本想著明天就有自己戲份而興奮的情緒，因為柯呈夫幾句話就消散殆盡。

林澈心情複雜地點開和董傳奕的聊天視窗，看他幾分鐘前因為自己匆忙掛電話而不滿地傳了張小狗生氣的貼圖，指尖輕點著螢幕，打了一行「小州這角色真的是你從別人手上搶來給我的嗎？」，看了半天，又一個字一個字刪掉。

林澈長長呼了口氣，把手機隨手往床邊一扔，戴好耳塞拉過被子將自己裹住。人在染缸裡，本來就不可能完全乾淨。他雖然從來沒有和別人爭搶角色的意思，但轉念一想，既然選擇了被包養這條路，這種事就不會完全無跡可尋。

林澈沒有去想柯呈夫是從哪裡知道自己怎麼進劇組的，畢竟本來就不可能瞞得滴水不漏。

既要賣身換工作機會，又想對外保持清高，世界上哪有這麼好的事。

他閉上眼，試著讓自己放空腦袋，可是直到深夜，另一床的柯呈夫都已經關燈躺平了，他還是一點睡意也沒有。

林澈這個人有個優點，就是自我調適情緒的速度相當快。

雖然一夜沒睡好，但隔天他還是精神煥發地到了片場，一樣該做什麼就做什麼，沒有一點被影響的樣子。

他的戲在晚上，要等到天色全暗之後才拍。

傍晚的時候林澈被叫去更衣化妝，化妝師一邊替他遮眼下深重的黑眼圈，一邊調笑著問：「是不是等了好久終於輪到你上場，昨晚緊張得睡不著覺啊？」

林澈笑著回道：「是啊，緊張死了，怕拍不好潘導就把我趕回去了。」

雖然私底下曾和潘繼鳴吃過飯，也面對面聊過天，但實際進劇組後，潘繼鳴導演的身分一套上，林澈便不由自主地對對方抱持著幾分敬畏的態度，私底下也不太敢主動上前搭話。

「你肯定沒有問題的啦！」這段期間同樣也受過林澈幫助的化妝師對他印象本來就好，儘管之前不曾看過對方的戲，還是鼓勵他。

「連坤哥都誇過你不錯，就別給自己太大的壓力了。」

林澈抿起唇，淡淡地「嗯」了一聲，表示自己知道了。

經過了一整晚的沉澱，林澈心想事已至此，他也沒辦法改變柯呈夫對自己的厭惡，畢竟對柯呈夫而言，自己確實就是占了他朋友的工作機會。

但角色既然已經在他手上了，也不可能中途退出，林澈現在唯一能做的，就是將小州這個角色演好，用自己的演技讓人信服。

這場戲拍的是多年過後。

當年小州不敵家人生病、龐大醫藥費的壓力，終究還是選擇撿走啞廚落下的那本手寫食譜，而到了總決賽的時候，啞廚因故退賽，小州沒有懸念成為當屆冠軍。

等到奪冠的喜悅慢慢被沖淡，他才意識到像啞廚這樣真正厲害的廚師，就算沒有食譜，一樣能做出一手好菜。

啞廚不是不曉得自己的食譜被誰撿走了，他是知道小州的處境，才自己選擇退賽離開。

奪冠的小州事業蒸蒸日上，沒幾年就在市裡最熱鬧的一區開了自己的餐廳。反觀退賽回鄉的啞廚，安穩的日子過沒幾年，村裡就來了一批無良開發商，強硬地收購村裡大部分的土地，說要開發成觀光區。

啞廚開了大半輩子的餐廳被房東賣了，頓時沒了收入來源，那些從前靠他無償提供食物的窮苦村民們也過回有一頓沒一頓的日子。

啞廚心裡再不甘，面對金錢的力量卻也無可奈何。

他想著至少要把餐廳買回來，可是手頭上的存款根本不夠，就算到處去借，也遠遠不足對方開的價。

小州從旁打聽到啞廚的消息，知道他現在過得不好，心裡愧疚又難受，拿著當年撿到的筆記本，又領了一大筆錢，長路遙遙來到對方所在之地。

「你覺得啞廚現在會變成這樣都是你害的，你愧疚、沒臉見他，但又不得不來，因為你想把當年欠他的統統還清。」

開拍前潘繼鳴把林澈叫過去講戲，讓他比較容易進入角色。

「這段沒有臺詞，你等等就先站在那邊的路燈下，往啞廚家門看，等前面提示的燈暗了再開始往前走。記住要走得慢、走得猶豫，為了避免對方發現，還要走得無聲。」

「嗯，我大概了解了。」

「這場戲的重點就是眼神跟腳步，我們先試一次。」

潘繼鳴先讓林澈過去站定位，而後指揮其他人，「各部門就位。」

場記打板聲一下，昏黃路燈下的林澈抬起頭，眼神瞬間就不一樣了。

說實話，林澈的表現遠遠超出潘繼鳴的預期。

雖然看過他幾部作品，也覺得他底子還不錯，不過畢竟是投資方推薦進來的，潘繼鳴一開始也沒有抱太大的期望。

沒想到林澈路燈下遙望啞廚家門的那個眼神，一秒就讓他感到驚豔。

這就是他要的感覺。

潘繼鳴屏氣凝神看著鏡頭下的林澈，看他前進三步躊躇半秒的腳步、抱著筆記本和牛皮信封袋微微發顫的手。

短短一小段的路彷彿走了一個世紀。

好不容易走到啞廚家門口，他將手裡的東西輕輕放到門前地上，然後直起身抬起手，在敲門前頓了頓，深深吸了口氣後，才終於敲響門板。然後在裡頭傳來腳步聲的同時，快步閃到一旁遮蔽物後，不讓對方發現自己。

「好，卡！」潘繼鳴從導演椅上站起來，把林澈叫過去看回放。

「不錯，基本上沒有什麼問題，等等補拍幾個角度就可以了。」

林澈自己都沒想到會這麼順利，他看著小小螢幕裡的自己，心裡頓時有種說不清的成就感。

他在這裡第一場也是唯一一場戲，比預期花的時間還要少就順利結束了。

當晚收工後一群人聚在一起吃飯，潘繼鳴和他坐同一桌，頻頻誇讚他是有前途的人才，以前都被埋沒實在是太可惜了。

林澈被誇得不好意思，心裡又實在高興得不行，回房以後趁著柯呈夫還沒回來，打了通電話給董傅奕炫耀，「潘導剛剛誇我了！」

電話那頭董傅奕的背景音有點吵，人似乎在外頭。

林澈聽見他似乎和旁邊的人說了句抱歉，才走到一處比較安靜的地方，語帶笑意地回道：「這麼棒，誇你什麼了？」

「當然是誇我演得好。」林澈說完後，遲疑地問了句：「你……不在家啊？」

「嗯，在陪客戶吃飯，等等就回去了。」

董傅奕語罷嘆了口氣，哀怨道：「最近天天吃員工餐都快吃膩了，今天中午看到徐一洋在微波便當，差點有股衝動想跟他搶。」

林澈腦海裡浮現大老闆搶特助便當的畫面，忍不住笑道：「放過徐特助吧。」

「能不能放過他得看你啊，等你回來我就不用再覬覦他的便當了。」說著董傳奕又嘆了一聲。

「想我們家林小澈做的飯了。」

林澈的心跳漏了一拍，臉還莫名有些熱，他抬手揉了把臉，盡可能保持語氣自然。

「那你可能得再忍一陣子了。這邊的部分雖然快拍完了，但回北部以後馬上就要接著拍其他部分，可能很難有時間。」

「你怎麼沒聽懂呢？」那頭的董傳奕低低笑了一聲，極富磁性的嗓音直直撩撥著林澈的耳膜。

「這句話的重點難道不是我想你了嗎？」

突如其來被這麼撩撥了一把的林澈，這下臉徹底紅了。

他算算日子，大概再不到一週這裡的拍攝就會結束，到時候看能不能跟導演請個一兩天假，偷偷回去一趟。

只是林澈還樂不到兩天，馬上就體會了一回樂極生悲的滋味。

這天傍晚片場突然起了一陣騷動。

暫離了一會才剛回來的林澈看著現場有些混亂的場面，一時之間不曉得怎麼了，便拉了個人問：「發生什麼事了？」

「坤哥的手表不見了，大家都在幫忙找。」被拉住的那人回道：「不知道什麼時候不見的，小君都急哭了。」

所有人都知道周志坤有一塊幾乎不離身的手表，那是他太太在他們十週年結婚紀念日時送給他的，價格不菲是其次，重要的是意義非凡。

除了拍戲的時候周志坤會將表摘下來交由助理小君保管，其餘時候都牢牢地戴在手上。

「也不曉得是不是被撿走了，畢竟這裡人這麼雜。」另一個工作人員湊上來，壓低了音量說道。

「先別亂猜，可能是掉在哪個地方了，我也一起幫——」

林澈邊說邊拿起自己搭在椅背上的外套，只是話還沒說完，隨著一聲撞擊悶響，一樣東西從他外套口袋掉了出來，落在地上。

林澈疑惑地定睛一看，瞬間不可置信地瞪大了眼。

他拿高外套翻來覆去仔細看了看，確定是自己的沒有錯，再低頭看掉到地上的東西，也確實是周志坤的表沒有錯。

但……天知道表是怎麼跑到他外套口袋裡的？

圍在林澈身邊的幾個人也都親眼目睹周志坤的表從他的外套口袋掉出來，每個人都和他一樣滿臉不敢相信。

只有從旁經過的柯呈夫看了一眼這裡的狀況，而後挑起眉吹了記口哨，嘲諷道：「人贓俱獲啊。」

「不是，我真的不知道——」林澈心底一陣發涼，他能清晰地感覺到隨著柯呈夫這一句話，周圍的人看他的眼神都變了。

「我沒事拿坤哥的手表幹嘛？」

「誰知道呢。」柯呈夫聳了聳肩，斜挑起嘴角，語帶惡意地又補了句。

「沒有爸媽教，難怪手腳不乾淨。」

很快就有人告訴周志坤手表找到了，在林澈的外套口袋裡。

只是沒人能解釋為什麼好端端應該保管在小君那的表，會跑到和他們相隔有些距離的林澈這裡。

林澈自己都無從解釋。

「坤哥，真的不是我拿的。」親手把表還給周志坤，林澈低著頭，小聲解釋。

「我外套一早就放在那，整天都沒動過，我真的不曉得為什麼東西會跑到我這裡。」

周志坤低頭用指腹撫了撫表面上擦碰出來的刮痕，沒有看林澈，甚至沒有回應他的話，只是沉著嗓音，對自家助理說：「小君，這件事妳要負最大責任。」

小君吸了吸鼻子，紅著雙眸看了林澈一眼，低聲應道：「……是。」

在圈裡這麼久，林澈多多少少聽過一些惡意栽贓誣陷的事，只是從前自己太過透明，沒人把他放在眼裡，自然也沒想過這種事有一天竟然會落到自己頭上。

也沒有人教過他遇到這種事情的時候，應該怎麼自保。

老村落資源寥寥，連臺能調閱的監視器都沒有，警力也相當匱乏，林澈抱不了太大的希望。

這事是誰搞的他心裡大概有個底，畢竟整個劇組裡就一個人對他最有意見，可是他沒有證據。

反倒現在所有證據都指向是他偷了周志坤的表，林澈解釋得再多都顯得薄弱無理。

那天吃晚餐的時候，現場的氣氛尷尬到了極點。

平常總和林澈嘻嘻哈哈玩在一起的幾個人都避著他，一群一群聚在一起，就是沒有留林澈的位置，所有人像是說好一樣將他排擠在角落。

曾受他幫助的喬葳有些不忍心，只是剛想開口，就被同組的其他前輩擋下，要她不要沒事找事。

這頓飯林澈終究是吃不下去了，尤其在注意到前兩天還對他讚譽有加的潘繼鳴，看向他的眼神都帶著掩不住的失望後，他的胃口頓失，甚至隱隱有些反胃。

在眾人一片異樣的眼光下，林澈失魂落魄地回到房裡，抱著膝蓋坐在床上，指尖仍然止不住地微微發抖。

被誣陷的感覺很不好受，被誣陷又無從解釋的感覺更令人感到悶得窒息。

他本想著清者自清，但即使平常處得再好，稱兄道弟的，對他們來說林澈還是個剛認識不到一個月的人，說熟也不是真的這麼熟。所以當出了事情，沒有人相信他，也不是毫無道理。

林澈沮喪地垂著眼，思來想去還是想不出有什麼辦法可以證明自己的清白。

時間不曉得過去多久，直到手機震動起來，林澈才猛然回神。

他盯著螢幕上「董老闆」三個字看了老半天，慢吞吞地接起來，有氣無力地「喂」了一聲。

「這是怎麼了？」

林澈的語氣和前兩天差得太多，董傅奕當即就聽出不對勁，但沒想太多，以為林澈只是累了，便笑著隨口說：「被你們潘導摧殘啦？」

「沒有，不是。」聽著董傅奕含笑的嗓音，一時間一股濃濃的委屈感湧上心頭，他張了張嘴，遲疑著開口：「我……」

只是短短一個「我」字後，隔了許久都沒有下文，林澈想了想，終究還是沒有把今天發生的事告訴對方。

說了好像也無濟於事，況且董傅奕也就比這裡的人認識他多了不過一個多月的時間，也不一定會全然相信他。

林澈自己也說不上來為什麼，只是想著萬一他如實說了，董傅奕卻和其他人一樣質疑他，那他可能真的會被打擊得一蹶不振。

「嗯？你怎麼了？心情不好？」董傅奕等了半晌沒等到林澈接著說下去，於是自己開口問。

「沒事。」林澈騰手揉了揉鼻子，「只是今天有點累，睡一覺就好了。」

這下董傅奕再遲鈍也不會聽不出林澈是在逞強，他眉心輕皺，再開口時嗓音低了幾分，「林小澈，有事就跟我說，別自己悶著。」

「真的沒事啦。」林澈故作輕鬆地笑了聲，「我累了，想早點休息。先這樣吧，你也早點睡，晚安。」

說罷也不等董傅奕回他一句晚安，大著膽子就掛了金主的電話。

那頭的董傅奕直覺林澈一定是在劇組發生了什麼事，不過既然林澈不想說，那他也不想逼他，轉頭就跟何肅要了潘繼鳴的電話號碼，以投資方的身分撥了通電話過去。

對方很快就接了，並且盡可能地以客觀的角度告訴董傅奕整件事情的經過。

只不過再怎麼客觀，周志坤遺失的東西確實就是從林澈口袋裡掉出來的，這點誰也沒有辦法替他開脫。

聽完以後董傅奕靜默良久，忽地問了一句：「我猜你也不相信他，對吧？」

潘繼鳴的一陣沉默替董傅奕證實了自己的猜想，他輕輕勾了下唇角，只淡淡地說了聲：「我知道了。」

掛斷電話後，董傅奕非常任性又無良地傳了訊息給早就下班休息的徐一洋，要他把明天所有行程往後推，推不掉的就他自己上。

第乙章

CULTIVATION METHOD
OF ATYPICAL LOVER

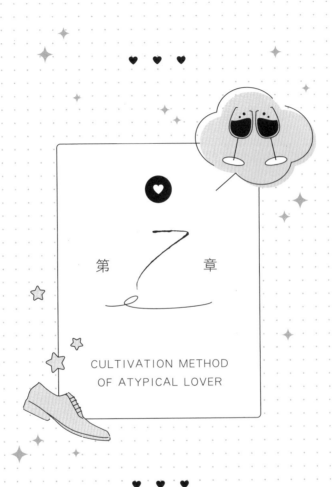

隔天早上下了場大雨，原先的拍攝進度往後推延了幾個小時。

林澈這次沒和以往一樣睡一覺心情就調整好了，早上醒來時，還是像有顆大石頭壓著胸口，悶得發慌。

下午通知恢復拍攝的時候，林澈一度猶豫自己該不該跟著一起去片場，畢竟自己現在處境尷尬。

不過沒等他糾結出一個結果，導演助理就來敲門，遞了張房卡給林澈，神色複雜地和他說：「潘導要你去他房間一趟。」

林澈接過房卡心裡一沉，隱約能猜到潘繼鳴找他要說什麼。

發生這種事，身為導演的潘繼鳴不可能坐視不管。輕則口頭指責刪減戲份、重則直接踢出劇組更換演員，只是無論哪一種，林澈都不會甘心。

導演助理剛轉身離開，柯呈夫就故意擠著林澈的肩膀從房內出來，轉頭挑釁地朝他勾了下嘴角，一副幸災樂禍的模樣。

林澈捏緊手裡的房卡，深深吸了口氣，最後還是沒有理他，踩著沉重的步伐走向潘繼鳴的房間。

不長的一段路上，林澈滿腦子翻來覆去都在想該怎麼讓潘繼鳴相信自己，因此當他推開房門，看見本應在公司上班的董傅奕出現在房裡時，腦袋當機了足足有半分鐘之久。

「你、你不是……你怎麼會在這啊？」林澈驚得話都說不清楚，不可置信地把人上上下下看了個遍。

酒紅色的全套西裝、黃色襯衫、藍灰色格紋領帶，這種讓人匪夷所思的穿著搭配，確實是董傅奕沒有錯了。

「來探個班，不可以嗎？」董傅奕笑著把愣在原地的林澈攬到身前，微低下頭迎著他詫異的目光。

「你回不了家，就只能我來了。」

兩個人有快一個月沒見到面了，但之前相處的那份熟悉感都還在。

董傅奕騰出一手，指腹溫柔地蹭了蹭林澈眼下深重的黑眼圈。

這樣簡單而親暱的動作讓林澈有片刻的恍神，很快他便從董傅奕微熱的指溫中反應過來，眼眸微斂，低聲問道：「是不是潘導跟你說了什麼？」

光。」

「嗯，說了。」董傅奕點點頭，大方地承認，「他們不相信你，我信。」

董傅奕一句相信他，讓林澈不由得鼻子發酸，嘴上卻有些自暴自棄。

「你相信我什麼啊？搞不好等回去以後我就趁你不在，把你家所有家當都搬光。」

「搬吧搬吧，能搬得走的統統都給你。」董傅奕扣著林澈的後腦勺，把眼前這個受了委屈的人往自己懷裡按，輕聲哄道。

林澈靠在董傅奕身上，嗅著對方身上令人安心的淡淡香味，輕輕眨了眨眼，「坤哥的表真的不是我拿的……」

「我知道。」董傅奕溫柔地一下下撫摸林澈的腦袋，低低一笑，「我給你的錢都夠買一兩隻高級名牌表了，你拿人家二手的幹嘛，又不划算。」

「可是沒人相信我。」林澈的手環過董傅奕的腰身，抱著他像抱著此時此刻唯一能承載他的浮木。

「表就是從我外套口袋掉出來的，很多人都看到了，我沒有辦法解釋。」

停頓了一下，他又接著說：「其實……我大概猜得到是誰想把我弄走，但沒有證據，就像我沒有證據自清一樣。」

林澈三言兩語帶過柯呈夫對自己的敵意由來，又終於將自己一直在意卻遲遲沒問的角色來歷一併問了出口。

「上次吃飯沒跟你說嗎？」董傅奕聽完林澈的話，有些狐疑地挑起眉。

「原本演你這角色的演員，開拍前兩個月出了場很嚴重的車禍，人到現在都還在醫院。但主演的檔期很緊，沒辦法因為他一個配角延誤拍攝，最後決定換角，何肅才藉這個機會賣我一個人情，把你推薦給他們。」

原來是這樣，林澈抿著唇心想。

「所以問題完全不在你，不用想太多。放心吧，陷害你的那傢伙總會露出破綻的。」

董傅奕手指輕捏林澈的後頸，嗓音裡的笑意褪去了幾分。

「我們做錯那我們就認、就好好道歉，但不該是我們的責任，我們不背。」

他的這一聲「我們」直接將自己和林澈劃進同一個圈圈裡，把林澈一顆煩悶的心熨得又平又暖。

林澈從小無父無母、無依無靠，很多事情都只能靠自己。在成長的過程中受過的委屈、嘗過的苦頭，為了避免麻煩，大多時候都選擇自己默默吞下。

這還是他生平頭一次嘗到這種安心的滋味。董傅奕的無條件信任給了他莫大的安全感，摟著他的力度、掌心的溫度，無一不讓他感到從未體會過的心安。

林澈過去曾談過幾次短暫而無果的戀愛，過程也不是都沒有高興甜蜜的時候，但從不曾像現在一樣，讓他覺得平穩、覺得踏實。

他倚在董傅奕身上，心裡卻又清清楚楚地知道，他們並不是在談戀愛。

另一邊的片場休息區，喬葳低著頭眉心緊緊皺著，神情專注地盯著自己手機螢幕上的影片。

事發到現在，她一直覺得事有蹊蹺。

雖然相處的日子不長，不能說自己完全了解林澈這個人，但她還是覺得林澈應該不會做出這種事。

喬葳手機裡存了許多這段時間在片場拍攝的花絮片段，她反覆看著昨天拍攝的幾段影片，終於在其中短短幾秒一閃而過的畫面看出了一點不對勁。

奈何手機螢幕實在太小，她瞇著眼睛看了老半天，還是沒能看清。

「啊，師父！能不能借我一下電腦？」就在膠著之際，攝影組的頭頭恰好回到休息區，喬葳便立刻高舉起手向他求助。

「妳要電腦做什麼？」對方嘴上問著，同時翻出自己暫時用不到的筆電給喬葳。

喬葳道謝著接過，迅速將自己的手機連上電腦，又點開幾個慣用的剪輯軟體。

「我好像有拍到一點東西，但手機太小速度又太快了，看不清楚。」

喬葳雖然只是最底層的助理，平常都幹些雜事，不過還是有些攝影和剪輯相關的底子，操作軟體的手法相當流暢，很快就把剛才看了有疑慮的片段單獨擷取出來放大。

身邊圍上來幾個看熱鬧的人。

喬葳將影片速度調慢，看著螢幕中一個被放大後有些模糊的人影行跡詭異，先是張望了下四周，然後彎下身碰了一下掛在椅背上的外套，很快又直起身，再望了望四周，隨後快步離開。

喬葳把時間軸往後拉，又把畫面再放大一點，滑鼠游標在那道身影剛才碰的地方晃一圈，問：「你們看，這是不是林澈的外套？」

雖然影片被放大後顆粒感重得讓畫面顯得有些模糊，但在經過完整的影片前後比對下，喬葳有十足的把握那就是林澈昨天坐的位置，椅背上掛的也確實是他的外套。

至於那道模糊的身影對著林澈的外套鬼鬼祟祟地做些什麼，眾人面面相覷，心裡多少有了一點猜測。

「這個人看起來……有點像場務組那個實習生。」突然間身後有人說了這麼一句，「但我也不太確定啦，只是昨天吃飯剛好跟她坐一桌，印象中穿搭和影片裡滿像的。」

此話一出，喬葳立刻回頭去找同一天拍攝的別段影片，很快就在某一個片段找到那人的身影。兩相比對下，幾乎能斷定是同一個人。

喬葳回過頭，看向身後的自家老大，「師父，這……」

「有點尷尬，最關鍵的證據沒拍到，還是先拿給潘導看看，請他評斷吧。」攝影組的頭頭也皺著眉直盯著電腦螢幕上的畫面，試圖再多看出點什麼。

「如果林澈真的是被栽贓，總得還他一個清白。」

林澈萬萬沒想到，他和董傅奕想了一下午的對策，半個都還沒用上，事情突然就解決了。

傍晚潘繼鳴回房一趟，告訴在他房裡的兩人找到真凶了。並把下午攝影組的人拿給他的影片播給他們看。

「本來以為對方會狡辯，但看過影片之後她很快就認了。」

潘繼鳴說那人是原本飾演小州的演員的粉絲，算是為了他才進劇組的。

沒想到最後沒見到偶像，又耳聞這個角色是被林澈靠關係搶走的，才想著要給林澈一點教訓。

林澈看著螢幕裡自己並不熟的人，抿唇不語。

「我的人在你這裡受委屈了，不該給個交代嗎？」

倒是董傅奕聽完冷笑一聲，搭在林澈肩上的指尖輕輕點著，「最起碼的道歉總該有吧？嗯？」

「當然，目前已經通報對方學校了，這次的實習直接終止，校方那邊也答應會嚴懲。」沒有端著導演的架子，潘繼鳴態度相當誠懇。

「另外我也向所有人說明清楚小州換角的始末了，這件事確實有我失職的地方，我很抱歉。」

「算了。」在董傅奕還想開口說點什麼的時候，林澈先一步開了口，「沒關係，就這樣吧。」

一句沒關係說得簡單輕巧，卻是含著重重的無奈。

事情發生都發生了，事實就是他並不被信任，再多的道歉，昨天那樣當眾的難堪也不可能消失。

心裡的那塊疙瘩也不會消失。

天色漸暗，這裡又偏僻崎嶇，不好開夜車回去，當晚潘繼鳴便把自己的房間騰給兩個人，自己跑去副導演那邊擠個床位。

他們倆早早熄燈上了床，誰也沒有想做點什麼的心思。

林澈沒那個心情，董傅奕也不想強迫他，只是一如既往地從後頭抱著他，隔著衣服輕輕地揉著他的肚子。

「林小澈，你現在可是有靠山的人了。」

董傅奕嗓音慵懶，含著很淡的一點笑意，覆在林澈耳邊，這麼和他說。

「以後再遇到這種事情，別自己悶著，要和我說。」

林澈一個人在圈子裡孤軍奮戰了這麼多年，這還是第一次有人告訴他，他有靠山了，以後再出事也別自己悶著。

他有些難以形容自己現下的心情，只覺得有點酸軟、有點滿脹。

林澈靠著董傅奕過於溫暖的胸膛，在他懷裡慢慢閉上眼睛，暫時忽略掉自己似乎有些不正常地過於貪戀這個懷抱的事實，低低應了一聲：「好。」

董傳奕隔天一大早就要離開了。

沒辦法，徐一洋從早上不到七點就開始奪命連環call，說他要是趕不上今天下午一點的重要會議，他就要甩辭職信不幹了。

林澈迷迷糊糊地爬起來想送送他，卻被董傳奕按回床上，要他別送。

董傳奕低頭吻了吻林澈的額頭，又蹭了蹭他幾乎快睜不開的眼皮，低笑道：「眼睛都張不開了，再多睡一會。」

「唔……」林澈喉間發出一聲短促的低吟，微啞著嗓音語速極慢地說：「那你開車小心，到了報個平安。」

「走了，別忘了我昨天說的話。」

「嗯。」林澈閉著眼睛，唇角淺淺勾起，「我是有靠山的人。」

董傳奕滿意一笑，摸摸林澈的腦袋，又低頭看了他片刻，才離開房間。

等林澈再到片場的時候，先前誤會他的那些人紛紛來向他道歉，他也都一個個好脾氣地回道沒關係。

只是和原先的相處比起來，多少還是有了些隔閡，不再和之前一樣親近。

周志坤也帶著助理來向林澈道歉，年長的影帝在他面前微低下頭，態度十分真誠。

「在事情還沒查明之前就先入為主誤會你，我很抱歉。」

「別這樣坤哥。」再怎麼說周志坤都是毫不知情的失主，也算是其中的受害者，林澈更不可能和他計較。

「東西有找回來、事情也查清楚，這樣就好了。」

「這表是我太太送的，對我來說意義非凡，小君和我說表不見的時候，我的心像是跟著一起不見了一樣，嚇壞了。」周志坤一想起自己那天對林澈的態度，心裡還是有些愧疚，他嘆了口氣，摸了摸腕上的手表。

「無論如何，在還不清楚始末的情況下對你態度不佳是我不對，以後如果你遇到什麼需要幫忙的，都別客氣，儘管找我。」

林澈彎起淡淡的笑，說：「那就先謝謝坤哥了。」

這件事就算這麼落幕了。

同寢的柯呈夫依然對他沒什麼好臉色，沒向他道歉、也還是每天都拖到很晚回來，只是不曉得是不是林澈的錯覺，他隱約覺得柯呈夫夜半回房的動靜小了許多，有幾晚忘記塞耳塞，也沒再被吵醒過了。

……大概是傲嬌吧。林澈不甚在意地心想。

那之後眾人一樣該幹什麼就幹什麼，很快就把這裡的戲份做了收尾，過幾天就啟程回了北部。

接下來的拍攝行程亦相當緊湊，林澈的戲份也比之前來得多。

本來還想著看看能不能趁著空檔請個一兩天假回去，結果一回神又過了大半個月。

這半個月來林澈也不是全然順利。有了村裡那場戲的表現在前，潘繼鳴對他的標準自然拉高了許多，許多小細節都是磨了又磨，每一記眼神、每一個動作，都要求到近乎完美。

其中一場戲是小州拿著撿到的啞廚的筆記本，坐在醫院樓下的花圃邊。月光之下，重病的母親在樓上躺著，而他在樓下天人交戰。

這場戲不長、也沒有臺詞，卻反覆拍了五、六次，林澈一直找不到潘繼鳴要的感覺。

又再一次被喊卡了之後，他垂著肩膀，有些沮喪地被潘繼鳴叫過去。

「感覺是有了，但張力還不夠。」潘繼鳴讓林澈看剛才的畫面，繼續引導他入戲。

「你想像一下，今天躺在病床上的是你生命中最重要的人，你撿到的這東西攸關龐大的醫藥費。如果還了，你拿不到第一名獎金，沉重的鉅額醫藥費可能會壓垮你。如果不還，你的自尊心和愧疚感未來也會壓得你喘不過氣，你怎麼選？」

這樣的想像對林澈來講著實有些困難，他沒有家、沒有像小州一樣惦記在心的親人，他按著潘繼鳴的話想像，結果最先浮現在腦海的，卻是董傅奕的臉。

「我覺得……」林澈嚥了口唾液，吶吶道：「他應該不差這點錢……」

這下輪到潘繼鳴一愣，旋即了然地笑了出聲：「不要想董老闆那種 bug 啊，換個人。」

林澈抓了抓頭，說：「我再試試看吧。」

這是今天的最後一場戲，也已經比預計的收工時間延誤了近一小時，所有工作人員都陪著他熬。

林澈坐回花圃旁，低垂下頭，盯著手裡老舊的筆記本，盡可能地加速讓自己與角色共情。

最後這場戲拍到快凌晨十二點了潘繼鳴才鬆口說過，林澈累得半死，接過喬葳遞給他的水，道了聲謝又道了聲歉。

「抱歉讓你們陪我耗這麼晚，趕快收一收回去休息吧。」

「別這麼說，也不算太晚。」喬葳連忙搖了搖頭，看旁邊同組的前輩們頻頻朝她曖昧地使眼色，臉上不自覺地泛起了一抹淺淺的紅暈。

「我們打算去吃個宵夜，你……你要不要一起？」

林澈能明顯地感覺到喬葳這一陣子的異常親近，他沒有助理，她就主動包攬了一些助理的工作，從旁幫了林澈不少忙。

加上之前被誣陷偷手表的事，林澈後來才知道也是因為喬葳，事情才能這麼快落幕。

他不是不曉得喬葳的那點心思，對她一直以來的幫助也很感激，但就僅止於此，再多的他給不出任何回應。

本來林澈是想在對方攤開來講之前都先裝傻應對、保持禮貌的距離。

可是現在看來，就連看戲的旁人都有意撮合他們，如果再消極地拖下去，日後可能更難以收拾。

「喬葳。」林澈輕聲喚了她的名字，朝她微彎唇角，「我跟妳說個祕密，妳不要告訴其他人。」

「什麼？」

林澈湊近了一點，用只有兩個人聽得見的音量，告訴喬葳：「其實我是同性戀，天生就是。」

喬葳吃驚地睜大雙眼，難以置信地直直看著林澈，後者卻目光真誠，不躲不閃，還輕輕地點了下頭。

喬葳是個聰明人，知道林澈不是在開玩笑，也知道他為什麼突然和自己分享這個祕密。

成年人之間有些事情無須說得太明白，心照不宣方能為彼此留下一絲體面。

短暫的驚愕過後，喬葳輕呼了口氣，故作輕鬆地笑問：「那你現在有對象了嗎？」

林澈一頓，董傅奕的身影又一次無端在腦中閃現而過。

他的眉心不著痕跡地輕輕一皺，很快鬆了開來，冷靜回道：「沒有，沒有對象，我目前單身。」

林澈有點煩惱。

他最近不管聽什麼、看什麼、做什麼，總是經常想到董傅奕。

拍戲想他、收工想他、和廚師偷師的時候想他、講著電話的時候想他。

就連現在，趁著下午沒事的一小段空檔跑到隔壁百貨公司晃晃，在某個品牌的展示架上看到一套米白色底、混有彩色潑墨的西裝時，林澈心裡第一個想法也是——啊，這個董傅奕應該會喜歡。

等他反應過來時，人已經走了進去，一旁的櫃姐立刻笑吟吟地迎了上來，順著他的目光介紹。

「這件是我們當季的新品，設計師是從美國畫家 **Jackson Pollock** 的滴畫作為發想，再混以一些現代元素設計出來的。」

林澈沒有太多美術細胞，對櫃姐說的那串英文名也一點概念都沒有，只覺得那套西裝色彩繁複，如果董傅奕在這邊，應該會直接毫不猶豫地買了下來。

林澈靜靜聽完櫃姐的介紹，才有禮貌地詢問價格，櫃姐拿了臺計算機來，先按了原價，然後扣掉品牌折扣、再扣掉百貨折扣。

雖然早知道這種奢侈品牌的價格不會太便宜，但在看到計算機上的六位數字後，林澈還是冷不防深吸了口氣。

也不是付不起，就是有點心驚肉跳。

林澈最後還是刷了卡，又依之前和董傅奕逛街時默默記下的尺碼報給對方，請他們拿去修改，好了再聯絡他過來自取。

林澈看著手上的收據在心裡感嘆，這還是他第一次這麼大手筆買禮物送人，還是送給金主，要是蕭臨曦知道了，肯定又會用帶著一絲憐憫的表情笑他。

不過一想到董傅奕收到後可能會有的神情和反應，林澈又不由得有些期待。

一週後林澈迎來了自己的殺青戲。

他站在領獎臺，懷裡抱著花束和象徵至高榮譽的獎座，目光掠過聚在面前的重重媒體，定格在斜前方整場比賽都無人使用的灶臺。

那空著的位置，彷彿無聲地不斷提醒他，這場比賽他贏得一點也不光采。

「好，卡，過了！」沒過多久，潘繼鳴的聲音便透過遠處的大聲公傳來，「林澈殺青！」

林澈抹掉眼角方才將落未落的那滴淚，一直抿著的嘴唇這才放鬆勾起。

他長長地呼了口氣，肩膀也鬆了下來。

他向周圍一個個祝賀恭喜他的工作人員道謝，說辛苦大家了，又深深環顧了一圈這待了一段時間的地方。

歷時兩個月的電影拍攝初體驗，終是告一段落了。

雖然過程中發生過至今回想起來仍然不那麼高興的事，潘繼鳴的高標準也讓他備感壓力，但總歸是熬過來了，還收穫了許多以前從未有過的經歷。

而追根究柢，都是因為有董傅奕，他才有現在的這一切。

第8章

CULTIVATION METHOD
OF ATYPICAL LOVER

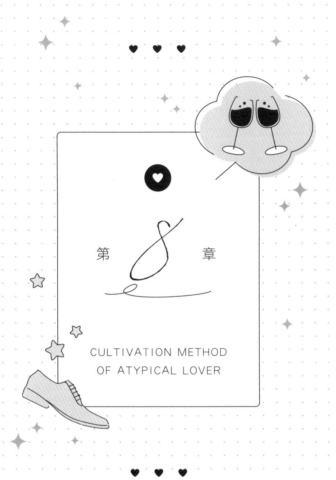

林澈殺青的隔天就先離開了。

下午先去拿通知他尺寸改好的西裝，又進公司交辦了一些事情，等回到董傅奕那的時候已經過晚上七點了。

出於一些他自己都沒想明白的心思，昨晚通電話時林澈並沒有告訴董傅奕自己今天就會回來了。

此時此刻他站在兩個月未回來過的門前，才忽然感到有些緊張。

雖然應該不太可能，但萬一……

萬一他不在的這兩個月裡，董傅奕找了別人暫替他的情人業務，那他現在毫無預警地打開門會不會……

撞見什麼不該撞見的場景？

林澈站在門口胡思亂想了一番，手抬了又放、放了又抬，最後深深吸了口氣，一鼓作氣地刷了指紋、解鎖進門。

一進門他就發現玄關處果然有兩雙他沒見過的、也不屬於董傅奕尺寸的鞋。

他怔愣地看著明顯一男一女的兩雙鞋，直到身後有人喚了他一聲：「林小澈？」

林澈回過頭，看向穿著一身休閒居家服的董傅奕，腦子一片空白，張嘴問：「有客人啊？」

下一秒，在董傅奕開口之前，林澈餘光看見廚房門後探出一張熟悉的臉。

「徐特助？」林澈有些意外地偏過頭，並不是很能理解徐一洋怎麼會在這個時間出現在老闆家的廚房裡。

緊接著一個林澈沒見過的女性，從徐一洋身後端著盤子走了出來，還踢了他一腳要他不要擋路。

林澈眨眨眼，回頭看了一下大門，確定自己沒有進錯房子。

「別看了。」見林澈神色茫然，董傅奕走上前好笑地揉了揉他的腦袋。

「徐一洋你認識，另一位是他太太，也是我大學學妹，方茹萱。今天下班前她恰好來我們公司附近辦事，我就把他們一起叫過來吃個飯敘敘舊。」

「敘什麼舊，你就是上班奴役我還不夠，下班還要奴役我太太幫你做飯。」剛被自家太太踢了一腳的徐一洋面容冷漠，控訴著老闆的無良行為。

董傅奕大言不慚地回道：「誰叫你天天在我面前炫耀你的愛妻便當，炫得我都嘴饞了。」

那邊剛放好一盤菜到餐桌的徐太太走了回來，又踹了擋在廚房門口的徐一洋一腳。

「要就滾進來幫忙，不然就滾出去，不要擋在這邊礙事。」

徐一洋摸了摸鼻子，認命地聽從老婆的話，轉身跟著回廚房。

「怎麼昨天沒說，今天就突然回來了？」等徐一洋回廚房，董傅奕才轉回來問林澈。

林澈聽得出來董傅奕只是問問，話裡沒有一點指責的意思，便聳了聳肩，說自己忘了。

董傅奕也沒多追問，只說應該快要準備開飯了，讓他先把行李放回房間。

林澈推著行李箱回房，蹲在床下整理的時候一邊分神在想徐太太熟練地在廚房穿梭的身影，又想原來董傅奕嚮往的那種家的味道，就算不是自己，也隨時有人可以代替。

拿出行李箱中被柔軟衣物護在中間防撞的紙袋，林澈指腹輕輕撫過袋子上燙金的品牌名，當時那種想著送出驚喜對方會有什麼反應的期待稍稍淡了幾分。

只是這時候的他還沒意識到，患得患失，多半都是心動的開始。

很快餐桌上就擺滿了四菜一湯和四副碗筷。

方茹萱做的都是很簡單的家常菜，但色香味俱全，相較之下林澈之前做的那些就顯得遜色了許多。

董傅奕倒是很高興的樣子，開飯前還特地從酒櫃裡挑了一瓶上好的藏酒，給每個人斟上一杯。

大概是徐一洋之前提過自己的事，方茹萱對林澈的出現並沒有感到太過訝異，很友好地向他打招呼。

用餐時他安靜地坐在董傅奕身旁，聽董傅奕一下和方茹萱聊大學時期的趣事，一下和徐一洋講幾句工作上的事，都不是什麼他能插得上話的話題，甚至聽也聽不懂，只能默默低頭吃飯。

吃著吃著，林澈忽然感覺一道微熱的溫度隔著褲子壓到他的膝蓋上。

他咬著筷子狐疑地偏過頭，只見董傳奕神色未變，如常地和對面兩人談天。

林澈有些摸不准對方的意思，遲疑了片刻，悄悄地將左手探到桌下，小指剛碰到董傳奕的手，立刻就被他勾住了，一根、兩根、三根，直到每一根指頭卡進他的指縫之間，收攏扣緊。

一抹不自然的熱度順著林澈的胸口爬上脖頸。他沒有動，收回視線後就這麼任由董傳奕扣著自己，時而摩挲時而輕捏，一點一點地把溫度導到他手上。

他們就像瞞著大人談戀愛的高中生，在桌下偷偷摸摸地牽著手，而對面的徐家夫婦一點都未察覺。

吃飽喝足了以後，徐家夫婦並未久留，等林澈收拾好餐桌後那兩人就準備離開了。

他跟著董傳奕走到門外送送客，電梯升至二十樓，「叮」一聲向兩側滑開。

臨走前方茹萱挽著徐一洋的手臂回過頭，向他們揮了揮手，又對著董傳奕爽朗一笑。

「生日快樂啊學長，下次早點講，我們還來得及烤個蛋糕什麼的。」

徐一洋雖然有點不甘不願的樣子，但還是順著方茹萱的話，也祝賀了一句，「生日快樂。」

林澈茫然地偏頭看向董傅奕，對方卻只是笑著向那兩人說謝謝，又要他們回去路上小心。

等人都走了，回到屋內，林澈立刻問他：「今天是你生日啊？」

「嗯。」董傅奕反手關上門，應了聲。

「本來想晚上講電話再哄你唱個生日快樂歌什麼的，沒想到你自己跑回來了。」

「你也不早說……」林澈低聲嘟囔，「那我這禮物還真是買得夠湊巧了。」

「什麼禮物？」董傅奕一聽眼睛頓時都亮了起來。

林澈跟著董傅奕回到房裡，將早前整理行李時拿出來的紙袋遞給他，想了想，還是補了一句，「雖然剛剛才知道，但……生日快樂。」

「謝了，這牌子不便宜吧？我收個心意就好，多少錢我幫你報銷。」

董傅奕顯然認出紙袋上標示的品牌，有點意外林澈會這麼大手筆地買禮物給他。

「不用啦，」林澈擺了擺手，「我這次片酬領了不少，也還要多虧你。」

董傅奕想大不了之後再多匯些錢到之前給林澈的戶頭上，便不再客氣，看上去滿心期待拿出袋子裡的高級禮盒包裝，拆開後映入眼簾的色彩讓他怔了一下，旋即笑了開來。

「不錯嘛，出去一趟，眼光都變好了。」

「我那是照著你的喜好挑的。」林澈摸摸鼻子，有些不大自在地回道：「看到的時候就覺得你應該會喜歡這種。」

「嗯，我很喜歡。」董傅奕將西裝外套從盒子裡拿出來，套上後站到穿衣鏡前左右看了看，滿意地點點頭。

「決定了，下禮拜六回老家就穿這件吧。」

「啊？」

「電影拍完了你應該暫時也沒什麼事，下禮拜就跟我一起回去吧。」

「不是……」

「放心，吃頓飯而已，不過夜。家裡也只有我媽和一個陪她的阿姨，不用太拘束。」

「等等……」

沒有意識到林澈表情滿滿的愕然與迷茫，董傅奕回過頭，朝他勾起一記迷人的微笑，「嗯，就這麼定了。」

隔週六林澈還真就這麼糊里糊塗地被董傅奕帶回老家。

據董傅奕之後的說法，林澈才知道當年董傅奕大學離家後靠自己生活了很長一段時間，而在他剛過三十歲生日時，父親就意外去世了。

鮮少回家的董傅奕不得不回去操辦後事，才發現曾經嚴厲且控制欲極強、連他結交什麼朋友都要插手的母親，已經沒了記憶中威嚴的模樣。

取而代之的是幾綹明顯的白髮，和眼角細碎的摺痕，整個人看上去憔悴不說，還老了不少。

那之後董傳奕才比較常回去一點，只是曾經的童年陰影不是說放下就能輕易放下的，加上那時公司剛有些小成就，整個人忙得不可開交，很難抽出太多時間，才請了個阿姨貼身照顧她。

一直到現在，董傳奕大約幾個月會回來一趟陪董母吃頓飯、說說話，維繫著不算太親、但也斷不開的母子關係。

「我還是覺得不太對。」站在一幢外觀看去相當豪華的小別墅前，林澈有些侷促地扯住董傳奕的衣袖。

「我要用……什麼身分進去啊？」

男朋友一定是不可能的，朋友又有點奇怪，情人……思想保守的老人家又一定不能夠接受。

董傳奕似乎也被問倒了，停下腳步摸了摸下巴，思忖半晌，最後只說：「看她們覺得是什麼就是什麼吧，隨機應變。」

隨你個頭！

林澈忍不住在心裡咆哮。

「放心啦，她年紀大了以後脾氣比以前好多了。」董傅奕安撫性地在簡直崩潰的林澈腦袋上揉了揉。

「萬一她給你錢要你滾，你就收下後到車上等我，我們還可以拿這筆錢去吃好吃的。」

林澈頭痛地發現董傅奕的思考模式根本和自己不在同一個頻道上。

他就這麼戰戰兢兢地跟著董傅奕進了門，在玄關處換了鞋後走進客廳，一抬眼就看見沙發上坐著一位年紀稍長的女士，直直盯著剛進門的他們兩個瞧。

對方沒什麼表情的臉上妝容精緻，灰白相間的髮絲一絲不苟地盤在腦後，她身著一件米白色旗袍，緞面布料上還有一大片金線刺繡，仔細一看，儼然是一條金燦燦的……

龍。

林澈嚥了口唾液，幾乎沒有遲疑，就認出面前這位女士肯定是董傅奕的母親。

這奇葩的審美觀！原來是遺傳啊！

「太素了。」還沒等林澈打招呼，董母在直白地將他上下打量過一輪後，冷淡地吐出這三個字。

林澈一陣無語，低頭看了看自己身上確實挺樸素的淺藍色素T和牛仔褲，然後再抬起頭來，有些尷尬一笑。

「阿、阿姨好，我是林澈。」

「他在外面都快緊張壞了，妳就別嚇他啦。」董傅奕好笑地上前打了個圓場，又挺了挺胸膛，「再說，我身上這套是他挑的，眼光還是有的。」

董母的視線這才轉向自家兒子，看著他一身又貴又花俏的西裝，臉色才稍有幾分緩和。

「都先坐吧。」董母的臉側向另外一邊，對著看似無人的走道喚了一聲：「小敏，幫我到樓上房裡把那東西拿下來。」

坐到沙發上的林澈回頭看了一眼董傅奕，後者聳了聳肩，表示自己也不知道是什麼東西。

不出幾分鐘，另一位穿著相對低調、年紀看起來比董母輕一些的阿姨從樓上走了下來，並按董母的指示，把手上一個長型盒子遞給了一臉茫然的林澈。

林澈在董傅奕點頭後才接了下來，並在董母的示意下打開盒子。

下一秒，林澈彷彿看見一道不遜於董母衣著的金光從盒子裡冒了出來，差點沒閃瞎他的眼。

盒子裡赫然躺著一條無論份量還是價格，看起來都相當貴重的……金項鍊。

「送你的見面禮，戴上。」董母語氣帶著幾分不容拒絕。

「啊？」受寵若驚之餘，林澈更多的是不知所措，和一點微妙的抗拒。

「戴上。」在林澈愕然的目光下，董母又複述了一遍。

「戴吧戴吧。」

一旁笑夠了的董傅奕咳了聲，伸手拿過林澈碰都不敢碰的金項鍊，側身替他繞到頸後扣好，小聲在他耳邊低語：「老人家的一番心意，就收下吧。」

「不是這、這太貴重了！」而且也太俗了，他真的一點都不想戴啊。

林澈推託之際，董傅奕已經替他將項鍊戴好了，董母看了看，才終於滿意地點了點頭，「順眼多了。」

林澈頭疼地心想：難道你們家的審美觀都是建立在金燦燦閃亮亮，和各式各樣五彩斑斕的色彩上嗎？

頭痛間外頭的門鈴忽然響了，被董母喚作小敏的阿姨看了看時鐘，連忙起身，笑吟吟道：「應該是訂的披薩到了，我去開門。」

董母沒說什麼，只是跟著站起來，輕飄飄地跟了過去。

「敏姨不會做飯。」見林澈目光有些困惑地看過去，董傅奕語氣平淡地說道。

「我媽以前偶爾會下廚，我爸走了以後就不進廚房了。」

不知為何，林澈總覺得董傅奕在說這些的時候似乎隱隱有些失落。

他想起第一次做飯給董傅奕吃那時候，明明煮得不怎麼樣，董傅奕卻吃得相當滿足，飯後還有些感慨地和他說已經很久沒吃到這種家裡人煮的飯了。

他想董傅奕大概多少還是有些期待這次回家能吃到家裡煮的熱騰騰飯菜，而不是外面訂的又油又膩的披薩。

「我——」林澈心裡無端有些同情董傅奕，正想說等回去以後看他想吃什麼他做就是了，沒想到一個「我」字才剛剛脫口，就被董傅奕一掌拍上肩膀打斷。

「對啊，還有你！」董傅奕一手按在林澈肩上，露出豁然開朗的笑意。

「我們多留一餐，下午我陪你去買菜，晚上讓你露一手給她們瞧瞧。」

「啊？」林澈不可置信地看著董傳奕，感覺事情正往越來越詭異的方向發展了。

他想圈內應該找不到第二個還要做飯給金主家人吃的小情人了，他難道是什麼被帶回家見婆婆的醜媳婦嗎？還得洗衣做飯打掃那種！

想是這麼想，在吃過午飯後，林澈還是跟著董傳奕一起到附近的生鮮超市逛了一圈，買了不少菜回去。

林澈再三讓董傳奕跟二位阿姨打預防針，要她們對他沒有特別精進的廚藝別抱太大的期待，吃不壞肚子，但也絕不會是什麼山珍海味。

董傳奕笑著拍拍林澈的腦袋，要他像平常在家一樣，隨意做幾道菜就好，大家都不挑。

本來董傳奕是打算一起跟進廚房的，卻被董母留在了客廳，改讓敏姨去幫林澈。

董傳奕翹著腿坐在沙發上，時不時往廚房的方向看，很明顯心不在焉。

董母睇了睇眼，語氣依舊沒什麼起伏地問他：「林澈是你男朋友？」

董傳奕頓了一下，笑著搖搖頭，「不算是。」

董母輕輕皺起眉，張了張嘴，有些欲言又止，最終還是搖了搖頭，輕嘆了口氣。

「我老了，不懂你們這些年輕人的想法，也沒辦法再像以前一樣管你。但你都快四十了，也是時候該定下來了，林澈這孩子我看覺得不錯，你要是喜歡，就好好把握吧。」

董傅奕有些意外地挑起眉，「我還以為妳會要我找個女人傳宗接代呢。」

「如果是再早幾年，我會。」董母毫不避諱地點頭。

「我可能還會拿錢要他滾，強迫你走回世俗正軌，每週幫你安排相親，逼著你跟我覺得合適的女孩子結婚。」

「饒了我吧。」董傅奕苦笑著舉手投降。

董母揚眸看著自家兒子，冷冷哼了一聲，說：「所以你知道，我現在對你有多寬容了吧？」

董傅奕「嗯」了一聲，面上仍掛著笑，只是那笑意仍帶著幾分疏離。

現在有多寬容，對比從前就有多苛刻。

小時候他曾因為某一科差一分滿分，被罰跪在牆邊一整晚，晚飯都不准吃；因為貪玩比門禁晚了兩分鐘到家，大冬天的夜晚被關在外頭好幾個小時，無論他如何哭喊就是不開門；因為交了幾個無論家世背景或是學業成績都沒那麼好的朋友，父母直接找上那些和他同齡的孩子，直言要他們別影響自己的兒子。

族繁不及備載，那些從前造成他無數個夜晚不成眠的壓力，如今隨著年歲漸長，確實慢慢淡去色彩，卻未曾消失。

他現在能夠平心靜氣地和董母坐在一塊隨便聊點什麼，單純是因為放下，而不是因為遺忘。

「還沒想那麼遠，再看看吧。」董傅奕端起桌上的茶杯，優雅地抿了一口，敷衍道。

「你以前從來沒帶人回來過，這次會帶上他一起回來，要不就是存著心想試看看會不會激怒我，要不就是他對你來說不一樣。」

董母條理分明地分析著，卻也沒要董傅奕給她一個明確的答案。

「是什麼也不用和我說，你自己心裡有數就好。」

指腹摩挲著茶杯上的精緻刻紋，董傅奕笑而不語，只是抬眸掠過眼前一片奢華的裝潢擺飾，看向半開放式廚房裡。

看著神情專注而認真的那道身影，眉眼連自己都不自覺地柔和了許多。

他彎了彎唇角，自言自語般地喃喃道：「他……是不太一樣。」

母子間的閒談並沒有持續太長時間，董傅奕最後還是坐不太住，隨便找了個藉口摸進廚房看林澈在做什麼。

「你怎麼跑進來了？」林澈手舉著鍋鏟，偏頭問他。

「來看看做到哪了。」董傅奕朝敏姨一點頭，很快取代她的位置站到林澈身邊。「好香。」

林澈正把剛炸過一輪的雞塊下鍋回炸第二次，滿廚房都是炸物的焦香味。

董傅奕駕輕就熟地拿了一個瓷盤，墊上廚房紙巾，放在林澈手邊備用。

「再幫我拿一下漏勺。」鍋鏟在油鍋裡翻攪了幾下，林澈很自然地指揮蹭到他身旁的董傅奕，也不忘道謝：「謝謝。」

先前說是讓敏姨來幫忙，但林澈畢竟和她不熟，對方又是長輩，自然不太敢麻煩她多做些什麼，氣氛也有一絲微妙的尷尬。

幸好在這個時候董傳奕進來了，林澈一直提著的心也隨之放鬆了下來。

他們幾乎忘了一旁還有個人站著，就像平常在家裡那樣，林澈負責掌廚，董傳奕就負責遞工具和偷吃。

而敏姨就這麼看著那兩人在流理臺前默契地配合著，絲毫沒有自己能插手的空隙，便索性摘下圍裙，默默退了出去，將廚房留給他們兩個。

「怎麼樣？」見敏姨從廚房出來，董母抬了抬下巴，問道。

「滿不錯的。」敏姨替董母將茶水斟滿，之後坐到她身側。

「除了好像還是有點緊張放不開以外，很虛心、也沒什麼傲氣，就一個滿乖的小孩，和小奕在一起，應該不用太擔心。」

董母點點頭，看向進了廚房後就黏在林澈身邊的那傢伙，嘴角淺淺牽起一道不太明顯的弧度。

「未來的路，就看他們自己怎麼走了。」

雖然林澈事前說過不要對他的廚藝抱太大的期待，但前段時間在劇組，總歸是向專業的廚師討教過的，對比從前還是進步了不少。

至少端上桌的五菜一湯，都很受捧場地被吃了個精光。

吃飽飯後，天色也已經全暗下來了，本來就沒有過夜打算的董傳奕在餐桌收拾好後沒多久，便拉著林澈說差不多要走了。

董母和敏姨送他們到門口，臨別前她看了看自家兒子，又看看林澈。

「你做的飯很好吃，很有家的味道。」

突如其來的誇獎讓林澈微微一滯，半晌後才回道：「謝、謝謝阿姨，妳們不嫌棄就好。」

「以後常回來。」敏姨也笑著向他們揮了揮手。

「下次回來穿亮一點，別再這麼素了。」

董母看著林澈身上唯一閃亮亮的只有她先前送的那條金項鍊，眉心輕攏，又多補充了句，「年輕人，亮一點才有活力。」

林澈抓著頭乖乖地應了一聲。

回到車上，林澈做的第一件事便是把脖子上那條沉甸甸的金項鍊解下來裝回盒子還給董傅奕。

董傅奕卻沒有馬上接過，故意學著方才母親的語氣逗他，「年輕人啊，要打扮得亮一點。」

「別鬧了。」林澈沒好氣地將東西半強硬地塞到對方手裡，「這個我真的不能收，太貴重了。」

「好吧，我先幫你收著。」董傅奕傾身拉開副駕駛座前的置物箱，很隨意地將盒子扔了進去。

「下次來再戴。」

董傅奕這聲下次說得實在是過於理所當然，讓林澈一時也沒意識到好像哪裡不太對，只怔怔地看著董傅奕放好東西後，依然維持側傾的姿勢，轉過頭來慢慢靠近他。

林澈的心跳不自覺地隨著董傅奕的步步逼近而越跳越急，他下意識地放輕呼吸，直到董傅奕鼻尖頂上他的鼻尖，刻意壓低了聲嗓喚他：「林小澈。」

「嗯、嗯？」

「閉眼睛。」

林澈嚥了口唾液，從善如流地闔上雙眼。

下一秒，熟悉的溫度和氣息貼上他的嘴唇，同時占據了他所有心神。

第 9 章

CULTIVATION METHOD
OF ATYPICAL LOVER

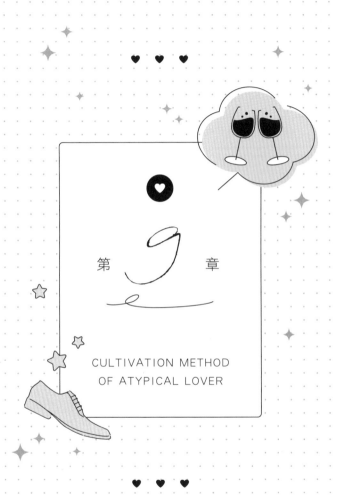

日子照常過著。

電影拍是拍完了，林澈仍是一有空就下廚，變著花樣做飯給董傅奕吃。從起初的抗拒排斥，到如今從中找到一絲樂趣和成就感，算起來其實也就短短幾個月的時間而已。

從春末到嚴冬、從全然陌生到裡外摸透。

習慣真是件可怕的事，林澈有時候會這麼感慨。

在拍完《啞廚》之後，林澈又陸續接到演出幾部電視劇的機會。雖然一樣是配角，但和以往那種連名字都沒有的龍套角色多少還是有些差異。

公司也幫他配了個新的助理，是比他小了幾歲、滿好相處的一個弟弟，讓他在劇組裡多少能有個照應。

現在的他擁有了許多以前觸不可及的東西，好相處的助理、有力的靠山、和相較以往還算不錯的工作機會，粉絲數也有明顯的攀升。

日子慢慢變得忙碌了起來，很累，但也是自己曾經嚮往的充實。

林澈不清楚董傅奕在背後出了多少力，雖然最一開始確實是他半推半就將錯就錯，但總歸來說，在跟了董傳奕以後，所有的一切好像都慢慢地在往好的方向發展。

時間很快來到聖誕節前夕。

這天傍晚天色昏黃，林澈剛收工，正準備直接從片場回去，突然接到蕭臨曦的電話，問他現在有沒有空，方不方便去幫他搬個家。

林澈知道蕭臨曦住在他的金主林至鑫買給他的一間公寓，算算時間應該也住超過一年了，林澈之前還去作客過一次，不曉得怎麼突然就要搬家了。

蕭臨曦在電話裡說得不是很清楚，林澈只好讓他等一下，改撥了通電話給董傳奕，和他說自己要去幫個朋友搬家，讓他今天晚餐自理，又聽他半真半假地抱怨了幾句後才掉了頭。

半個小時後，林澈抵達蕭臨曦的住所，剛按響門鈴沒幾秒，對方就從裡頭替他開了門，「來啦。」

蕭臨曦住的公寓在市區精華地段，屋子坪數不大，但價格相當高昂，裡頭的裝潢和董傅奕家相比也奢華了許多。

可是如今那些奢華的家飾旁堆了好幾個紙箱，屋裡一片凌亂，地上零零散散地擺著各種雜物。

「住得好好的，怎麼突然要搬家啊？」

林澈隨著蕭臨曦的步伐走進客廳，蹲坐到柔軟的地毯上，面前是一箱剛整理到一半的雜物。

「我把這裡賣了，後天交屋。」蕭臨曦拿了瓶可樂給林澈後直接坐到他身邊，自己也開了一瓶，嘴唇抵著瓶口，說：「再不整理就來不及了。」

「啊？賣了？」

「嗯。」蕭臨曦仰頭灌了一大口碳酸飲料，細密微刺的氣泡滑過喉嚨，喉結隨之滾動。

嚥下一嘴酸甜後，蕭臨曦長長地「哈」了一聲，然後看向林澈，神色毫無變化地告訴他：「我跟林至鑫分手了。」

林澈頓了兩秒才反應過來，「……你跟林總？分手了？」

蕭臨曦冰涼的指腹蹭了蹭下巴，思考半晌後改口道：「說分手好像也不太對，本來也不算在一起。反正簡單來講，就是以後不靠他養、不拿他錢、不給他睡。」

「為什麼啊？」林澈還是有些不明白。

前陣子他陪董傅奕去應酬，恰好和那位林總坐同一桌。

那人身邊沒帶伴，同桌的幾個人想起圈裡這段時間盛傳他獨寵蕭臨曦一人的消息，便調侃他是不是遇到真愛浪子回頭了。

林總只是笑而不答，但眼裡的笑意相當鮮明，像是默認了對方的一席話。

「你不知道嗎？新聞都出來了。」蕭臨曦挑起眉，語氣仍然聽不出什麼起伏。

「林至鑫要結婚了啊，門當戶對的一個千金小姐。婚期在明年三月，不過據說等元旦過後、林至鑫出差回來，兩個人就要先去登記了。」

他看了看一臉茫然的林澈，淺淺勾起嘴角，有些嘲諷地又說：「你覺得……未來的林太太能夠忍受和別人共用按摩棒嗎？」

林澈張著嘴，一時間不知道該如何回答。

明明蕭臨曦表面上看起來雲淡風輕、說得滿不在乎的樣子，整個屋裡的氣氛卻莫名有些壓抑。

地上的東西很多都是成對的。

成對的拖鞋、成對的牙刷、成對的杯具、林澈眼睜睜看著那些成對的物品被蕭臨曦分開來，一個丟進箱子裡、另一個扔進一旁的黑色垃圾袋。

他深吸了口氣，有些遲疑地張了張嘴，「你是不是……」

「我是。」不等林澈說完，蕭臨曦便打斷了他，「我越界了。」

蕭臨曦大方的承認讓林澈心頭更悶了，他低下頭，好半晌不曉得自己該說些什麼，只能默默替對方收拾著地上散亂的雜物。

「其實最一開始我們真的就是單純的交易關係，他出錢、我出賣身體，那時候他身邊還有其他人，我也並不在意，甚至覺得有人可以幫我分擔他的欲望還挺不錯的。」

蕭臨曦拿起地上一個相框，摳出裡頭的照片，沒等林澈看清，就不帶一絲留戀地從中間撕開。

「後來相處久了，有些東西就漸漸變了味，多了很多不必要的關心、不必要的曖昧。有時候我會覺得自己對他來說可能是特別的，也許確實有一點吧，但本質上還是一樣的，情人永遠不會是能陪他走到最後的愛人。」

蕭臨曦的語氣一直很平，像是沒有感情的機器人，彷彿動了心的不是他一樣，很淡然地繼續說道。

「當我發現自己不知道什麼時候開始，會盼著他今天會不會來找我、不找我的時候是不是在別人那裡時，我就知道自己越界了。我本來想就這樣吧，他不提我不說，繼續曖昧下去也無所謂，直到前陣子看到他要結婚的消息，我才覺得，好像該放過我自己了。」

「臨曦……」

「沒事。」蕭臨曦抬起頭，對著林澈輕輕一笑，「就一點點痛而已，已經沒有最開始那麼難受了。」

林澈看著他又將一個應該屬於林至鑫的東西扔進垃圾袋裡，雙眉緊皺，問他：

「那你接下來有什麼打算？」

「我老家那邊有空房間，可以讓我先堆這些雜物。」蕭臨曦說。

「至於手上的工作差不多都告一段落了。我也和經紀人說了想暫時休息一下，去國外走走散散心，公司那邊也都同意了。」

「林總知道你要走嗎？」林澈又問。

蕭臨曦聳了聳肩，回道：「嗯……不知道吧。他人現在還在國外出差，要我等他回來再好好談談，但我覺得沒什麼好談了。為了避免他找上門來，在他回來之前我就要走了，禮拜天的飛機。」

話說至此，林澈也知道自己沒有再問下去的必要了。

蕭臨曦和林至鑫之間的愛恨情仇不是他能插手的，更何況他自己和董傅奕之間都還不明不白，沒什麼資格對人家的關係指手畫腳。

林澈一直不曾，或者說一直刻意迴避去細想自己對董傅奕的感覺，怕一想下去就沒完沒了，怕一想下去，就會發現自己其實也在不知不覺間越了界。

這段期間圈子裡不太平靜，前陣子林澈正在拍的偶像劇劇組才有一個女演員被金主帶去玩很大的聚會，據說後半夜的時候她被輾轉送到不同人的床上。

等林澈知道的時候，對方已經被送進醫院靜養，原本的角色也因此換了人。

那個時候林澈就不由得想，同樣是金主、同樣拿錢辦事，董傅奕對他是真的挺好的。

會帶他去應酬，但從不讓他多喝，至多三杯就會扣住他的酒杯；會和他上床，但也是在兩人都情難自禁的時候，不會在他累得半死或沒有心情的時候強迫他。

董傅奕雖然品味脫線，又動不動就腦洞大開、不按牌理出牌，但他溫柔起來，那些尊重體貼、溫暖細緻，還是讓林澈不知不覺迷失其中。

只是現在蕭臨曦和林至鑫的事，讓林澈又不得不多想了起來。他雖然跟董傅奕回過家、見過他的家人，董母對他們的關係沒有多問也沒有多談，一切看起來都這麼的順理成章。

可是說到底，他們又不是什麼穩固的關係，也許未來的哪一天，董傅奕也會找一個門當戶對的對象結婚。

到那時候，他不確定自己能不能做到和蕭臨曦一樣灑脫。

「你不要想太多，這是我和林至鑫的結局，不會是你的。」像是看穿林澈的憂慮，蕭臨曦兀自開口。

「雖然一開始是我給你那些忠告，不過真正相處的還是你自己，連我們這些旁人都看得出來董老闆對你真的很好，你自己應該更有感覺。」

想到前些日子的一件小事，蕭臨曦忽然一笑，像說祕密一樣壓低了聲嗓。

「你不知道圈裡很多人都很羨慕你。上上個月，你好像在拍戲吧？有天林至鑫帶我去應酬，你家董老闆也在，一個人來的。有個不懂規矩的新人可能以為他是圈裡什麼大人物，就湊過去又是自我介紹又是倒酒討好，意圖相當明顯。董老闆呢，在那人剛黏過去就馬上把人推開說自己名草有主了，還直白地叫他走開。」

林澈愣愣地聽著這段自己不知道的事，一種難以言喻的感覺盈滿整個胸腔。

「雖然我告訴過你，不要覺得自己對金主而言是特別的，但難免會有特例。」

相較一開始的自嘲和逞強，蕭臨曦現在臉上的笑意倒是多了幾分輕鬆。

「很遺憾我沒那麼幸運，不過如果是你的話，說不定會是那特例之一。」

等到幫蕭臨曦整理完大部分東西，回到董傅奕那裡時已經超過晚上十點了。

林澈在玄關彎身換鞋的時候，就感覺一道灼灼的目光停在他的背後。

他輕呼了口氣，雙腳踩進拖鞋，回頭一步步走向坐在沙發上抱著平板、一臉哀怨的董傳奕。

「太晚了，我覺得是時候認真考慮設個門禁時間了。」

董傳奕放下平板，按著林澈的腦袋搓揉一通。

很快他就注意到林澈的情緒不對，細軟的髮絲從指縫間滑過，他改捧起林澈的臉，仔細端詳他的表情。

「怎麼了，心情不好？在劇組又被欺負了？」

「沒有，哪那麼容易被欺負。」

林澈瞇了瞇眼，用臉頰蹭了蹭董傳奕的掌心，猶豫了半晌，才開口問：「你認識林至鑫嗎？」

「嗯？星采直播的林總？」見林澈頷首，董傳奕才接著道：「見過幾次，不算熟，怎麼突然問起他？」

「那你知道他要結婚了嗎？」林澈又問。

「好像有聽說。」董傳奕點了點頭，而後忽地一頓，捏住林澈的臉頰往兩邊扯。

「怎麼突然對別的男人這麼有興趣，你是不是想跳槽？」

「沒有啦！」林澈拉開董傳奕搗亂的手，揉了揉自己的臉。

「蕭臨曦跟我說的，說因為林總要結婚，所以他們分手了。」

「誰？」

「我剛剛去幫忙搬家的朋友，蕭臨曦啊，你不記得了？」見董傳奕還是一臉問號，林澈有些訝然。

「我們第一次見面的那個聚會，你一開始看上的那個男的啊。」

「哦——」董傳奕拉了一聲長長的尾音，伸長了手摟過林澈的肩頭。

「你這麼一說，好像有點印象了。所以你是因為朋友分手不開心？」

「也不是……」林澈側著頭靠在董傳奕肩上，搖了搖頭說：「有點複雜，不知道怎麼說。」

他總不可能直接問董傳奕：你是不是以後也要結婚？是不是我們最後也會分得這麼難受？

對一個情人來說這未免也太過踰矩，再說他現在所擁有的這一切，無不是建立在最初的誤會之上。

對了，那個誤會……

林澈一直想找機會、卻一直無從開口解釋的誤會。

每當董傅奕提起那分明什麼都沒發生的夜晚，他總是不由自主的心虛，又不知道該怎麼告訴對方，那晚他以為的一夜春宵其實根本什麼都沒有。

「我……」林澈的腦袋離開董傅奕的肩膀，抬起頭看向他，嚥了口唾液、又深深吸了口氣，才慢慢地開口。

「我……想跟你坦白一件事。你可以生氣，但能不能別……算了，你聽完再說。」

他本來想說「能不能別把我趕走」，臨到嘴邊又有些彆扭地嚥了下去。

「什麼事啊這麼神祕兮兮的？除了餐桌上出現茄子，我還有什麼事能生你的氣。」

林澈小聲囁嚅：「可能比連續十頓飯都出現茄子還更讓你生氣……」

林澈這麼說，董傅奕都不自覺地坐正了起來，只是臉上仍舊帶著些許笑意。

「其實那天晚上，就我們第一次見面的那天，」林澈的手指絞著衣襬，像是十分緊張，連嗓音都越來越小，董傅奕的耳朵得湊很近才聽得清，「我們什麼都沒做。」

董傅奕臉上的表情空白了將近五秒，才發出了聲短促的疑問音節：「啊？」

「你那天喝得很醉，幾乎不省人事，到半夜醒過來也是大吐特吐。」

回想起那晚的慘不忍睹，林澈忍不住輕輕嘆了口氣。

「然後整整一晚，什麼都沒發生？」

「嗯，什麼都沒發生。」

接著大約一分鐘的靜默，林澈都低著頭不敢說話。

雖然和董傅奕相處了這麼一段日子，但他還是沒有完全的把握能摸透對方的情緒。

「那你為什麼現在說出來？」一分鐘後，董傅奕才終於開了口，語氣和平常沒有什麼太大的不同，只是問他。

「你不說，我就永遠不會知道，為什麼說出來？嗯？」

林澈的下巴被董傅奕用指尖挑起，他對上對方似笑非笑的眼眸，兩秒鐘就往旁邊別開目光，「就是……覺得不想有事瞞著你。」

也不曉得是不是滿意林澈這個回答，董傳奕像逗小動物一樣，指甲輕刮了刮林澈的下巴，又問：「只有這件事嗎？還有沒有其他什麼事也瞞著我？」

「沒有、沒了。」林澈很快搖頭。

「那好，下不為例。」曲起指節敲敲林澈的額頭，董傳奕一笑，這事就這麼輕輕放下了。

見董傳奕似乎沒打算追究的意思，林澈小心翼翼地問：「你……不生氣啊？」

「其實還好。」

這次沒有故意逗他，董傳奕沉吟了一會，直白道：「要是我沒有誤會，現在也沒人煮飯給我吃了，我也體會不到現在這種家的感覺。所以算起來呢，我也不算虧……不，應該算是賺到了。」

然後他咧了咧嘴角，勾起一抹壞笑朝林澈眨眨眼。

「不過如果你想補償一下這幾個月來一直被蒙在鼓裡的我，我也是很歡迎的。」

林澈一絲不掛地被董傅奕放倒在床上，身上還有點點沒擦乾的水珠。

比自己高熱一些的身體沒一會就覆了上來，溼軟的嘴唇貼上林澈泛紅的眼角，一點一點順著臉頰向下啄吻，最後印上那雙半啟的唇瓣。

林澈渾身燥熱，尤其身上被董傅奕撫摸過的每一吋肌膚，都像被點燃一簇又一簇的火，燒得他幾乎快失了理智。

董傅奕的前戲總是做得相當細緻。

無論林澈再怎麼難耐地央求他快一點進來，他總能耐著性子按自己的步調，非把林澈股間那處揉開、確保不會受傷了，才會進一步地將自己慢慢送進去。

一如方才在浴室裡，董傅奕光用手就讓林澈洩了一回，腿腳發軟地回到床上。

在一陣綿長的親吻與極富技巧的撫弄下，腿間那處很快又來了精神，抵著董傅奕的腰腹不停地蹭。

「等不及了？」

董傅奕貼著林澈的嘴唇低笑了聲，也沒等他回答，在那溼紅的唇瓣吮了一口，便撐著身子起來，拿過一旁的保險套撕開戴上，旋即扶著硬脹的根部抵上早已準備好容納他的穴口，緩慢地擠了進去。

性事上董傅奕向來溫柔，給予林澈的酥麻快意遠大過於疼痛。

他的身體被完全撐開、又被填塞得很滿，窄緊的甬道和碩大的性器幾乎毫無縫隙地緊密結合在一起。

董傅奕低頭重新吻上林澈吐息發顫的嘴唇，將他所有難耐的低吟和輕喘盡數堵在喉間。

他幾乎不費什麼力就將自己送入了大半，卻沒有急著深入，而是淺淺地抽插，感受著被溼熱內裡夾裹吸吮的快感。

就在董傅奕緩慢地盡根沒入的同時，不合時宜的震動聲響從腦袋上傳來。

他頓了一下，單手撐著床墊，伸長了另一手在床頭櫃上摸索了一陣，很快就摸到震動不停的手機。

手機是林澈的，螢幕上頭來電名稱顯示著「小齊」兩個字。

董傅奕挑起眉，有些故意地抬腰重重一頂，邊問：「我記得小齊是你助理，接嗎？」

「掛、掛掉……」林澈雙眸含著一層水霧連連搖頭，深怕董傅奕一時興起接了起來，「我不要接。」

董傅奕沒說什麼，也順著林澈的意思將電話掛斷，剛扔到一旁要繼續方才被打斷的情事時，林澈的手機又震了起來。

一次兩次被打斷，就算是林澈脾氣再好都有些不耐煩了，他搶在董傅奕之前把手機拿了過來，掛上關機丟開，動作一氣呵成。

「繼續。」然後林澈在董傅奕似笑非笑的表情下抬起雙腿纏住對方的腰，刻意縮緊臀部，夾得董傅奕倒吸了口氣，深埋在他體內的陰莖跳了跳，隱隱又脹大了幾分。

「這樣好嗎？」董傅奕勾著唇角，嘴上這麼問，身下卻是順著自身欲望緩慢地抽送起來。

「打了兩通，說不定是什麼重要的急事喔。」

林澈無奈心想，現在最急的難道不是他們高漲的欲火嗎？

「現在你比較重要，快點。」

不上不下的快感讓林澈感到有些焦躁，他急切地圈住董傅奕的脖頸，挺起腰臀迎合對方的抽插。

無論是有心還是無意，林澈一句「你比較重要」確實完完全全取悅到了董傅奕，他笑了一笑，動作不再磨蹭，手臂探到林澈腰下扣牢了，一邊加重力度，一邊附到他的耳邊哄誘道：「乖，叫聲好聽的。」

自從林澈第一次意亂情迷之下叫了那聲極具殺傷力的老公後，之後的每一次床事，無論他怎麼哄，林澈就是死死抵著唇，不肯再叫一次那個令他恥於開口的稱呼。

一般來說董傅奕不會逼迫他，嘴上調戲個幾句就放過他了，畢竟這種事還是講求你情我願，逼迫得來的總是少了那麼點味道。

只是不知怎麼，想起林澈方才向他坦白前侷促忐忑的模樣，和之後坦承地說不想有事瞞著自己，好像對他來說自己相當重要的樣子，心裡就無端有股強烈的、迫切的想將對方占有的欲望。

想吻他、占有他，想把人牢牢困在自己懷裡，聽他喚出那聲最親密悅耳的稱呼。

「叫一聲就好，叫一聲就讓你舒服。」

董傅奕對林澈的敏感點瞭如指掌，凸起的肉冠頂著他最柔軟的那處輕而緩慢地摩挲，在他開口前就是不給他一個痛快，還故作委屈。

「不是要補償我，叫一聲也不願意嗎？」

林澈最受不了董傅奕這麼軟著嗓音和他說話。

他吸了吸鼻子，猶豫了片刻後側過頭閉上眼，咬著牙極小聲地開口：「老公……」

雖然聲音小到不仔細聽可能險些就會錯過，但至少貼得極近的董傅奕聽清了。

他心滿意足地用指腹溫柔擦掉林澈眼角的水液，再不吝嗇地給予他最強烈的快感與極致的高潮。

一場性事耗掉了林澈大半的體力。

等清理好回到床上後，他幾乎是強撐著最後一絲精神將手機重新開機，看看方才一連打了兩通電話給他的助理到底是有什麼急事。

結果對方只是想問明天的行程不多，方不方便請個假而已。

林澈哭笑不得地准了假，也告訴他以後這種事傳訊息說就好了，不用特意打電話來。

不然每次都在緊要關頭的時候被打斷，來來回回幾次他怕早晚會陽痿。

「不累嗎？還在玩手機。」

剛去了外頭一趟的董傳奕端了個裝了溫水的馬克杯回來給林澈，順道抽走他的手機，扔回床頭櫃上，「喝了，睡覺。」

「哦。」林澈乖乖接過馬克杯，小口小口地喝著水。

董傳奕翻開棉被躺了進去，等林澈喝完了水，他才關了燈，一如往常抱著人躺進溫暖的被窩。

將睡未睡之際，林澈閉著眼，聽見從後頭擁著他的董傳奕沒來由地問了一句。

「剛剛坦白的時候，你是不是其實很緊張？怕我生氣？怕我……不要你？」

林澈沉默了一會，最後還是老老實實地應了一聲：「嗯。」

以前沒有的時候也不曾想要過，覺得沒有家庭束縛、一個人自由自在也挺好的。

就算後來談過幾次戀愛，林澈對家依然沒有概念、沒有嚮往，亦沒有想要和誰組建家庭的衝動。

直到現在和董傅奕生活在一起，一個房子兩個人、共眠的夜晚一同清醒的早晨，成對的生活用品、尚算公平的家務分配，偶爾也會因為一些無關緊要的日常瑣事幼稚地鬥嘴，林澈才發現那些看似很普通的日常，已經不知不覺在他心裡扎了根。

若有一天必須拔起，可能會連同他的心一併剝離。

「不用緊張。」董傅奕的聲音貼著他的頸子傳來，帶著一點低沉的笑意。

「我對你一直很滿意，只要你想，我們的合約可以無期限延長，所以別怕，我不會不要你。」

林澈在黑暗中眨了眨眼，然後緩緩闔上眼皮，假裝自己太累睡著了，並沒有回應。

他暗自在心裡想，董傅奕看似把主導權拋到他手上，其實沒有。

只要他們還維持著現在的關係，哪天董傅奕膩了、不想玩了，還是隨時能將他換掉。

而他沒有權力留下。

第10章

CULTIVATION METHOD
OF ATYPICAL LOVER

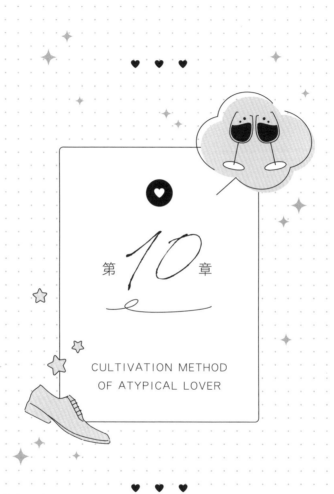

《啞廚》最後定檔在三月的第一個星期五上映。

首映會的時候董傳奕已經看過一次了，林澈和幾個主要角色、導演、監製等等坐在最前排，在映後還有個簡單的採訪。

整部電影經過剪輯，讓林澈原本就不多的戲份更是只剩下短短不到五分鐘的鏡頭。

對此林澈本人並無任何怨言，畢竟電影的每一秒鐘、每一個鏡頭都極其重要，他能夠出演、能夠在片尾名單上看到自己的名字，就已經相當滿足了。

上映當天晚上兩人沒事，又跑到家裡附近的電影院看了一次，看的是深夜場，人潮相較之下少了許多。

林澈戴著鴨舌帽和遮了大半張臉的黑色口罩，跟董傳奕坐在只有他們倆的最後一排。

每當大銀幕裡出現林澈的身影，董傳奕抓著他的手總會輕輕捏幾下，好像看到什麼不容錯過的畫面一樣，要他也集中注意。

林澈感到好笑之餘又有些溫暖，他想會這麼認真在一部長達一個多小時的電影中，找他出現不過五分鐘鏡頭的人，恐怕除了自己，也只有董傅奕了。

電影總歸來說還是好看的，無論拍攝出來的畫面和剪輯後製的效果，都沒有浪費任何一秒鐘。

只是對董傅奕來說，林澈出現的畫面實在太少了，不夠看，下次得讓何肅找個鏡頭多一點的角色才行。

隔週四上午開完早會後，董傅奕把各部門主管都留下來，宣布了一個消息。

「明天週五，放大家輕鬆一天。」

董傅奕將手上幾個信封袋交給一旁的徐一洋，要他按照部門分發下去。

「最近有部國片剛上映，我個人很喜歡，想讓大家也感受一下我國電影業近年來的蓬勃發展。所以呢，我一共包了八個場次，雖然原則上明天停班一天，但還是請各部門主管按照你們分配到的時間集合好人，遲到缺席都算曠職。」

會議桌前各主管正為了這突如其來的福利交頭接耳，只有徐一洋默默在背後翻了個白眼。

他覺得自己特助的工作越來越多元了，為了讓老闆討情人開心，還得幫忙去跟電影院談包場。

過了會，董傅奕又補充說明：「電影前後你們可以自行決定要不要部門聚餐，到時候再報公帳就好。」

「那……需要交觀影心得嗎？」坐在比較後面的工程部主管半舉起手，弱弱地問。

「這倒不強迫。」董傅奕笑道：「不過如果有任何心得感想，都歡迎來和我分享。」

等到早會散會後，會議室裡只剩下董傅奕和徐一洋兩個人。

董傅奕彎身收拾桌面上的東西，一邊漫不經心地問：「夜班主管也都聯絡好了吧？」

「嗯，都交代下去了。」徐一洋回道。

過了會，有些遲疑地又開了口，「我說你……有沒有想過再包養一個？」

「怎麼這麼問？」董傅奕不解地抬頭看他。

「純好奇，沒別的意思。」徐一洋聳了聳肩。

「只是想到有些老闆都一次包很多個情人，但你這段時間以來，身邊好像一直都只有林澈一個。」

董傳奕聞言摸了摸下巴，好像很認真地在思考徐一洋的問題，半晌過後才糾結著一張臉，像是很苦惱的樣子。

「還是不了吧，之前加工廠那個張老闆不知道從哪裡聽來的消息，都在虧我錢多到還可以包養小明星了。萬一再多包幾個被知道了，他覺得我錢太多，盧我把交易條件從月結改成付現怎麼辦？」

「這種事又不是說改就能改的，拒絕他不就好了。」

「話是這麼說沒錯。」斂去故作苦惱的表情，董傳奕彎了彎唇角，輕輕笑了起來。

「不過還是算了，沒那麼多心思，我只要有林小澈一個人就夠了。」

徐一洋覺得應該要拿面鏡子給董傳奕照照，讓他看看自己現在的樣子有多春風滿面，談及林澈時的表情有多溫柔。

要不是當初確實聽到董傳奕說自己包養了個演員，他都要以為自家老闆是在談一場轟轟烈烈愛得高調的戀愛了。

雖然也有可能當局者不自知就是，不過那就不在自己的管轄範圍內了。

「那你明天有預計要和哪個部門一起用餐嗎？」不想去管董傳奕和林澈之間奇奇怪怪的關係，徐一洋直接轉移了話題。

「提前說一下，好讓他們先有個心理準備。」

「沒有，我打算在電影院隨便吃吃就好。」

董傳奕摸到口袋裡的皮夾，抽出一小疊電影票，獻寶一樣地對著徐一洋揮了揮。

「那八個場次我每一場都留了一張正中間的票，不然你以為我為什麼不包有重疊的場次？」

徐一洋一陣無語，徹底服了他，「林澈知道嗎？」

「知道什麼？」

「知道你為他包場，讓全公司上上下下都去看他演出的電影，貢獻票房。」徐一洋淡淡道。

「你一口氣花這麼多錢，不就是為了討情人歡心、讓他感動得要死，最好還死心塌地任你予取予求嗎？」

「誰說的。」董傅奕挑眉。

「我做這些又不是為了要得到什麼，只是單純我想這麼做而已，和他有什麼關係？」

董傅奕說得很有自己一套道理的樣子，但在徐一洋眼裡，這人分明已經深陷其中無藥可救了。

他輕嘆了口氣，說：「算了，你高興就好吧。」

隔天董傅奕還真就在電影院待上了整整一天，期間除了上廁所、接了幾通工作的電話外，基本上沒怎麼離開過影廳。

加上今天八場，算起來短短一週他已經足足看了這部片十遍之多。

閉著眼睛光聽背景音效都能知道哪一段快換林澈出場了，不知情的人還以為他是有多愛這部電影，愛到一週十刷都還意猶未盡。

只有少部分知情人士，例如徐一洋，只覺得董傅奕是在毫無效益地深情。

付出這些，卻一點都沒有想告訴林澈的意思，根本就是自己深情給自己看而已。

五月底的時候，林澈正在拍的一部偶像劇殺了青，迎來為期半個月的一小段假期。

本來是想問問董傅奕有沒有空，要不要一起去哪裡走走踏踏青。

誰知那晚他才剛開口說了自己接下來半個月休息，董傅奕就忽然一把按住他的肩膀，無比認真地看著他。

「太好了，我正需要你江湖救個急。」

「啊？什麼意思？」林澈茫然不解。

「最近月底出貨量大，人手有點不足，既然你剛好有空，要不要來打個工？」

董傅奕按著他的肩膀晃了晃，又雙手合十，一臉懇求。

「就五天，下週一到五，做一些簡單的包裝而已。不用打卡，這五天也會按優於勞基法的薪水額外匯到你的戶頭，就當幫個忙，嗯？」

林澈知道董傅奕這陣子公司很忙，連著好幾天都快深夜才回到家，回來以後也是沖個澡抱著他躺上床，聊沒兩句就睡著了，然後隔天又是一早就不見人影，只有在午休或傍晚的時候會抽空撥個電話和他說說話。

他看董傅奕掛在眼下的黑眼圈都深得這麼明顯，又一臉誠懇地請他幫忙，自然不會拒絕。

抿了下唇，只得把原先出去玩的邀請嚥回肚子裡，點頭應道：「可以是可以，但不用另外付我薪水啦，你每個月已經給我很多了。」

跟了董傅奕一年多，當初對方給他的金融卡被扔進抽屜裡後就幾乎沒動過。只有之前一次出於好奇拿出來查了一下裡面的餘額，才驚覺竟然已經累積了一筆相當龐大的金額，讓他再次體認到董傅奕確實是個非常大方的金主，每個月匯給他的錢遠比當初談好的還多上許多。

只是戶頭裡的錢越多，林澈越覺得他們的關係應該很難超越現在，再有更進一步的發展了。

他唯一能做的，只能不動用這筆錢，說不定未來哪一天，他可以鼓足勇氣把這張不曾使用過的卡還給董傅奕，然後站在和他勉強齊平的高度，把現在不敢想的、不敢講的，統統告訴他。

「那可不行，你來我公司工作，哪有不給薪水的道理。」董傅奕眉心輕蹙，不大同意林澈的話。

林澈想了想，索性提議，「不然這樣，我去你那邊幫忙五天，結束以後你再找時間陪我出去玩個幾天，吃喝玩樂都你出，就當這五天的薪水了。」

董傅奕思忖片刻，最後還是點了點頭，笑著回道：「這樣也行，等這陣子忙完，我就帶你出去度假。」

星期一上午十點，林澈在董傅奕的帶領下進到位於二樓的包裝區。

林澈並不常到董傅奕的公司，先前偶爾幾次來送他早上忘記帶走的午飯，也都是直接搭電梯到最上層董傅奕的辦公室，沒有進到廠區過。

雖然不曉得其他層樓怎麼樣，但林澈所在的這一區空間寬敞、環境明亮乾淨，和他以前高中打工時曾經待過的那種又舊又髒的小工廠截然不同，要來得舒適多了。

林澈穿著一身無塵衣、腦袋上壓著無塵帽，大大的防塵口罩遮住大半張臉，站在董傅奕身旁面對一群被集合起來的員工，聽他介紹自己，有種莫名的新鮮感。

「這位是我臨時找來救火的小林，這一週他會在這裡協助包裝作業，組長再帶他一下。」

董傅奕沒有用平常自己慣用的稱呼來介紹林澈，交代起事來也沒有平常和他講話時那樣不正經，認認真真的，還帶著一點嚴肅，林澈這時候才真正看到身為老闆的董傅奕工作時不一樣的樣子。

「他只是來幫忙的，不記出缺勤、不加班、不寫工作日誌。人是我帶來的，有任何問題都直接上報給我，好好相處，不准搞小動作，聽懂了嗎？」

面前眾人齊齊應聲：「懂了。」

之後董傅奕讓大家先回自己的工作崗位，單獨把林澈留下來，又小聲交代他。

「廁所出門後左轉就能看到，飲水機也在旁邊，等一下到位置上先把水瓶拿出來放好，要隨時喝水，累了就休息沒關係。還有，別忘記中午要上來找我吃飯，下午五點半打鐘之後，就直接東西收收上來辦公室等我，不用跟他們一起加班。」

「知道啦，你從出門前就念過好幾次了。」林徹擋在口罩底下的嘴唇悄悄勾起，有些無奈又有些好笑地說。

「你現在有夠像第一天送小孩上學的老爸。」

董傅奕聞言也笑了，親暱地伸手彈了下林澈的額頭，又多講了幾句話後，才略顯不捨地先行離開。

一年前的林澈絕對想不到一年後的自己竟然會心甘情願地到工廠做包裝小弟。

林澈在董傅奕的公司幫忙了五天。興許是因為他是老闆帶來的不敢怠慢，無論是帶他的還是其他人對他都很客氣，派給他的也都是包裝一些比較簡單的機種。

工作輕鬆歸輕鬆、也好上手，但枯燥也是真的枯燥，相比起來他果然還是喜歡演戲多一點。

這段時間每天最期待的無非就是中午上樓和董傅奕一起吃午餐，便當都是林澈提前一天準備的。

每次上去的時候，看到董傅奕剛好熱完兩個便當，坐在辦公室的沙發區笑吟吟地等著他一起用餐，心裡就莫名感到踏實。

董傅奕本來不讓林澈跟著大家一起加班，怕他太累，然而第一天下班鐘響後，林澈上去董傅奕的辦公室一路無所事事地等到八點多。

他想閒著也是閒著，索性就再多幫忙幾個小時，等董傅奕下來抓人了才放下手邊的工作，跟著一起離開。

到了星期五下午三點多，原本大塞車的包裝區總算是將之前堆積的待包產品消化得差不多了。

剛剛出去一趟的組長回來時拎著一大袋飲料分送給大家，說是老闆請的，慰勞這段期間辛苦加班的各位。

一整袋都是一樣的珍珠鮮奶茶，微冰三分糖，到林澈這裡時，組長卻拿了杯無糖的清茶給他，說是老闆特別交代他買的。

不喝奶不嗜甜的林澈道謝著接過，心頭不自覺泛起一絲絲甜意。

「其實我真的很好奇，只是一直不敢問。」分完飲料後，組長坐回林澈隔壁的空位，還是忍不住開口。

「你和我們董老闆是什麼關係呀？」

答應來幫忙的時候林澈就想過會被問到這個問題，再加上董傳奕對他明顯的關照，落在別人眼裡，肯定會有些懷疑。

林澈放下手上的飲料，拇指食指貼在一起，摩挲著指尖上殘餘的冰涼，輕道：「就是朋友，他請我來幫忙，剛好我這幾天有空，就答應了。」

「那你真是講義氣。」組長將吸管插上，感慨道。

「聽說老闆的朋友很多，但只有你願意來幫忙，一定是很好的朋友才這麼講義氣。」

林澈有些尷尬地笑著抓了抓頭，心想董傳奕那堆朋友各個都是跟他一樣的大老闆，要不就是有頭有臉的大人物，誰有那閒工夫願意過來幫忙包裝出貨。

也就只有他，一不是什麼了不起的身分，二又有時間，三嘛……基於他對董傳奕那說不清道不明的情愫，對方請他幫忙，只要在自己的能力範圍內，他當然不可能會拒絕。

組長又隨口和他多閒聊了幾句，林澈自己也想知道員工眼裡的董傳奕是什麼樣子，便主動問了一句：「董老闆平時對你們好嗎？」

「算是不錯吧，老闆其實平常很少下來這裡，可能因為這禮拜你在，他才跑得這麼勤。」

組長放下喝了大半的飲料，擦了擦手後重新戴上指套準備繼續工作，一邊回道。

「忙是真的忙，不過福利也是真的滿好的，薪水比外面高、又包餐，動不動還有下午茶。哦對了，三月那時候老闆還請全公司看電影，大概真的很喜歡吧，聽說他大手筆一口氣包了連續八個場，每一場還都坐在最中間看。」

林澈愣了一下，心跳不自覺地快了起來，嘴唇張闔了片刻，又嚥了口唾液，才問：「哪部電影啊？」

哪部電影林澈自然有個底，只是當心裡所想的片名從組長口中說出來時，他長長地呼了口氣，心裡湧出一股強烈地、亟欲見到董傅奕的衝動。

董傅奕對林澈的好一直都體現在實際作為上，沒有太多的花言巧語，但只要一些簡單的舉動，就能讓他忍不住心跳加速，淪陷得無以復加。

為了答謝林澈這一星期的救火，下班後董傅奕帶林澈到附近一間法式餐廳吃飯，林澈卻吃得心不在焉，頻頻看著董傅奕的臉走神。

董傅奕注意到他的不對勁，連問了幾句都沒得到什麼明確的回應，只得草草用過餐，把人帶回家準備好好審問一番。

結果才回到家，大門剛剛闔上，林澈就不知道哪生來的膽子，一把將董傅奕推到牆上，按著他的肩膀，臉色微紅、神色複雜地直直盯著他。

「這是怎麼了？」董傅奕背靠著牆，手反射性地搭上林澈的腰，好笑地看著眼前難得主動的人，問他：「一杯果汁就讓你醉了？」

「沒醉。」林澈搖了搖頭，又往前湊近了點，幾乎和董傅奕鼻尖頂著鼻尖，「為什麼不告訴我？」

「嗯？」董傅奕腦子迅速轉了一圈，並沒有想到自己隱瞞了林澈什麼，「什麼不告訴你？」

「為什麼不告訴我你請全公司的人去看電影，還每一場都看？你到底看了幾次啊？」

林澈語氣稍有些急切，眼睛甚至都隱隱泛紅。

「你應該要告訴我，然後藉機向我提要求，不管要我做什麼，我都不可能會拒絕你的。」

「你怎麼跟徐一洋一樣的想法呢？」董傅奕嘆了口氣，使了點勁在林澈腰上捏了捏。

「我做這些又不是為了從你身上得到什麼，只是覺得我們家林小澈這麼上相，演技這麼好，應該讓所有人都看一看。」

董傅奕一口一個「我們家」說得再自然不過，聽得林澈從耳根麻到心臟，悸動之餘又有些難受。

因為他總是不由自主地想，這個「我們家」，終有一天可能會成為董傅奕和別的人的「他們家」。

林澈近距離地看著董傅奕似笑非笑的臉，搭在他腰上的那雙手在揉捏過後又變回輕輕撫弄。兩個人距離本來就近，灼熱的鼻息融在一起，眼裡也只看得見彼此的倒影。

很快林澈就拋卻自己那些患得患失的想法，下巴一抬，主動將兩人之間的距離縮至為零。

唇瓣貼著唇瓣廝磨，又很快都不滿足於這種淺嘗輒止的觸碰。擠在玄關處的兩個人靠在門邊，吻得越來越深入。

纏綿的一吻持續了許久，林澈才先一步退開，隨即側過頭將臉貼到董傅奕的頸側，無預警地張嘴一口咬了下去。

林澈這一口咬得不算輕，突如其來的疼痛讓董傅奕擰起眉倒抽了口氣，卻沒把懷裡的人推開，反倒將他摟得更緊。

林澈只咬了一下很快就鬆了嘴，唇瓣貼著凹陷的齒痕蹭，輕聲呢喃：「你怎麼這麼好啊……」

這話說得並不完全，後面其實應該還有一句——萬一以後自己離不開了怎麼辦。

可是理智終究占據了大部份，讓他的問句卡在喉嚨，怎麼也問不出口。

林澈探出舌頭，溼軟的觸感沿著自己咬出的齒痕，一路舔上董傅奕隨著低笑顫動的喉結，頂著凸起的那塊舔弄了一番，又用牙齒叼起一小塊皮肉輕輕碾磨。

董傅奕的呼吸逐漸變得粗沉，林澈在他的脖頸埋頭舔弄了一小會，而後貼著他的身子緩緩蹲了下去，半跪到他的身前。

林澈用唇齒把董傅奕紮在褲腰的襯衫衣襬咬了出來，修長的手指解開皮帶。這條皮帶還是林澈買的，去年聖誕節時送給董傅奕的聖誕禮物。皮帶釦是純金的，雕花繁瑣精緻，董傅奕相當喜歡，幾乎每天都要繫。

「你想做什麼？」在林澈鬆開他褲頭的同時，董傅奕掌心托住他的後腦，舔了舔唇，嗓音微啞地明知故問。

嘴唇抵著褲襠處的拉鍊，林澈用嘴巴把拉鍊拉至最底，然後仰起頭，自下而上地看著董傅奕，吸了吸鼻子，含糊應道：「想獻身了。」

早在先前接吻的時候就起了反應的部位將褲襠頂出一塊明顯的隆起，被林澈用鼻尖頂著，鼓脹得越發鮮明。

董傅奕嘴角噙著笑，斂下的眼眸微暗，在林澈勾住他內褲的鬆緊帶邊緣往下拉的同時，半開玩笑地開了句黃腔：「剛剛沒吃飽，現在又餓了？」

林澈「唔」了一聲，紅著臉沒答話，只是默默將董傅奕的褲子半褪到腿根，而後雙手圈住那已然勃起的陰莖，沒有一絲猶豫地，張口就將之含了進去。

最為敏感的皮肉被溫熱的口腔溫柔地包覆著吮吸，董傅奕忍不住深深吸了口氣、又長長地吐了出來，搭在林澈後腦的手指也不自禁地出了幾分力。

兩人之間的情事本就不算頻繁，林澈更是鮮少用嘴替董傅奕服務，加上董傅奕那東西又大，林澈費了好大的勁才含進了大半，喉頭被頂著的感覺不是很舒服，但他也沒有表現出不適的樣子，而是盡可能地放鬆喉管，賣力地取悅對方。

吞吐吸舔發出的嘖嘖水聲曖昧地迴盪在玄關處。

董傅奕低著頭，雙手撫著林澈的腦袋，直勾勾地看他把自己碩大的紫紅色性器含舔得水光淋漓。明明就不擅長做這種事，卻還表現得一副津津有味的模樣。

董傅奕有些心疼地用指腹揉了把林澈的下唇，喘著粗氣要他別吸這麼緊，嘴巴鬆開一點。

林澈依言照做，在董傅奕抽離他的口腔時，舌尖還不捨地追逐上去，順著肉柱凸出的筋絡向上舔，在肉冠掃弄了片刻，又在圓潤的龜頭轉了幾圈，將鈴口溢出的點點鹹澀微腥的液體盡數捲進嘴裡，滾動喉結統統嚥了下肚。

整個動作也就短短十數秒，但配上林澈的表情，就顯得尤為色情。

「林小澈。」董傳奕吞下一口唾液，捧著林澈的臉讓他的頭稍微抬起來一點，在重新將那根溼漉漉的陰莖插入他嘴裡的同時，低聲說道：「你放鬆就好，嘴唇包著牙齒，扶好我的腿，我來動。」

欲望當頭，董傳奕卻克制著不讓自己插得太深太重。

在林澈並不是很熟練的情況下，柱身時不時被沒有包好的牙尖刮蹭而過，一點點的疼痛之外，更多的是由心底翻湧而升的征服感與興奮。

抽送的速度越來越快，兩人交錯的喘息與低吟也越來越急促，直到高潮即將爆發的臨界點，董傳奕重重地喘一聲，將自己抽了出來，握著溼滑的陰莖對向林澈的臉，快速地來回捋動十多來下，旋即一股又一股腥濃白濁的精液射在林澈的嘴角、下巴和脖子，還有少許濺在他的衣領上，留下明顯的印子。

有近一分鐘的時間董傳奕的腦袋是空白的，他靠著牆，待高潮的餘韻稍褪，他才緩緩蹲下來，用手指揩去林澈臉上的濁液。

「我真的不是為了讓你做這個，才去貢獻票房的。」

他傾過頭，親了親林澈那兩片發腫通紅的唇瓣，「不過很舒服，謝謝。」

「你如果喜歡，我以後都可以、唔——」林澈順勢抬起手，繞過董傅奕的脖頸。

董傅奕笑著搖搖頭，直接以吻封住他後頭未盡的話。

第11章

CULTIVATION METHOD
OF ATYPICAL LOVER

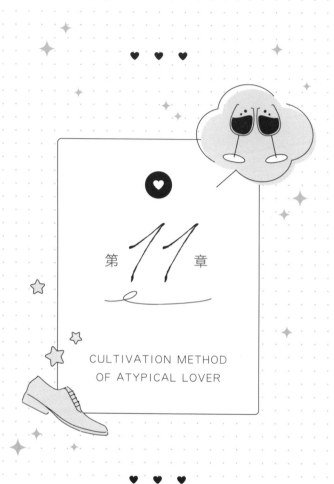

端午節前林澈又接到一部電影邀約，這次依然沒有走標準的試鏡流程。

令他有些意外的是，這次並不是透過董傳奕的關係接到這份工作，而是他想都沒有想過的周志坤向導演引薦的。

大概算是對他先前那次誤會的補償。

和前一次不大一樣，這次接到的角色雖然也是個配角，戲份卻相當重。

那是一部懸疑推理劇，林澈飾演的角色是個偵探助理，跟著平日少根筋凡事靠直覺的偵探男主角，一起探查一樁離奇的連環殺人案，案情幾經反轉，最終揭開助理才是整起案件幕後最大主使者的故事。

林澈很喜歡這個劇本，之前也沒有演過類似性質的戲，對他來說相當具有挑戰性。

演員的造型本就經常因為各種工作而有所變化，為了更貼合角色，林澈把頭髮剪短了一點，又染成黑色，整個人一眼看上去彷彿稚嫩了幾歲。

原以為嫌黑白灰太素的董傳奕會不喜歡他這個新造型，想不到他意外地愛不釋手，還趁著他一時不察，拍了張他斜躺在沙發上睡著的照片設成手機桌布。

等林澈偶然發現後，竟理直氣壯地和他說因為好看，才想留著天天看。

不然等林澈進劇組後又是一長段時間見不到人，他又沒辦法天天去探班，到時候夜闌人靜孤單寂寞，只能睹照片思人了。

本來林澈也不覺得怎麼樣，被董傳奕這麼一說，倒生出了幾分心軟，任由董傳奕拉著他填滿自己的手機相簿，也沒有一絲抗拒。

簽約那天，林澈難得在公司見到了經紀人王哥。

說來有些微妙，自從拍完《啞廚》之後，林澈接到的工作大多都不是透過經紀人，而是製片方直接找上他或是他的助理。

後來林澈從旁聽說，王哥最近在力捧一個新人，原本有幾個工作是指名要讓林澈去試鏡，經過王哥私下攔截溝通，最後統統成了新人手裡的工作機會。

那是林澈第一次萌生想換經紀人的想法，不過因為後來手上的工作慢慢變多了，忙了起來，加上又很少碰到王哥，這件事就暫時被他擱到腦後。

直到今天，剛簽完約的林澈從會議室裡走了出來，就看見迎面走來的王哥。對方臉上堆滿笑意，但那笑容看在林澈眼裡，卻莫名有種不自然與怪異。

「好久不見了林澈！來來，哥有件事想和你談談。」

和一旁其他人點了下頭當作打過招呼，王哥便搭著林澈的肩膀，閃進他才剛踏出來沒多久的會議室裡。

「談什麼不能在外面談啊？」林澈眉心皺起，見王哥反手把門關好上鎖，心裡的警戒感升至最高。

「怕什麼，又沒有要吃了你。」看林澈一臉戒備，王哥「嘖嘖」兩聲，從口袋摸了張名片遞過去。

「別說王哥對你不好，有了新人就忘了舊人。拿去，這是虹麒影業曹老闆的名片。」

「什麼意思？」

「上次帶小旭去參加個聚會，剛好碰上曹老闆，對方表明了對你很有興趣，只要你願意，工作機會絕對少不了你。」

王哥曖昧地朝他眨眨眼。

小旭正是王哥在捧的那個新人，被帶去什麼樣的聚會，林澈不用想也猜得到，肯定不是什麼正經的場合。

至於別的老闆對他有什麼興趣，他也不想知道。對現在的他來說，無論對方能提供多好的工作機會，他都不想，都不願意。

「不用了王哥。」於是林澈把名片還給對方，搖頭拒絕。

「我已經跟董老闆好一陣子了，沒打算拓展業務。」

「你怎麼就這麼死心眼呢，多好的一個機會啊。」

王哥一臉嫌他不懂事的表情，硬是把名片塞回林澈手裡。

「跟著董老闆又怎麼樣，陪一個睡是睡，多陪幾個睡也是睡，你以為只跟董老闆一個，自己就比較乾淨嗎？」

這話戳得林澈心裡又刺又疼，他緊緊抿著唇，手裡的名片被捏得發皺。

沉默了好一會，林澈深吸了口氣，抬頭看向王哥。

「是，我是選了一條不光采的路，我是不乾淨。但是王哥，我沒打算一輩子都活得不光采不乾淨。」

語罷他不再給王哥留住他的機會，徑直步出會議室，看也沒看地，就將手裡的名片扔進外頭的垃圾桶。

和王哥的那段對話後，林澈心裡一直很悶。

無須旁人提醒，他當然知道自己走的是一條多不光采的路，可是這麼一大段時間以來，董傅奕給他的所有一切，偶爾還是會讓林澈不小心忘記自己的身分。

不小心忘記，其實早在踏入和董傅奕第一次見面的那場聚會時，自己就已經染上洗不淨的塵汙了。

悶著一口氣離開公司前，林澈在門口碰上自家老闆梁學鈞，和跟在他身旁的祕書 Roy。

進明埕這麼多年，從前大半的時間林澈一直沒有什麼名氣，和高層之間除了每年年底固定的年會以外，基本上不太有什麼交集。

直到後來被董傅奕帶著參加各種應酬聚會，認識了些他從前不曾想過有機會認識的大人物，大多數人會看在董傅奕的面子上，多多關照這個已經不算新的小演員。

「梁總。」本來打個招呼就要離開的林澈，猶豫了片刻，還是叫停了對方的腳步，躊躇著開口，「我……能不能申請換個經紀人？」

梁學鈞挑起眉，反問他：「發生什麼事了嗎？」

林澈支支吾吾地一時半刻也說不清楚，最後嘆了口氣，低聲說了句「算了」就先離開了，留下一頭霧水的梁學鈞和Roy。

「林澈的經紀人……我記得是王勁復？」Roy看著林澈離開的身影，順口提了一句。

「我記得他最近捧新人捧得滿認真的，大概是工作機會分配不均，鬧脾氣了吧。」

梁學鈞聳了聳肩，表示自己也不清楚，「去查一下，看看怎麼回事。」

「有必要嗎？」Roy的眉心蹙攏，有些不解。

畢竟工作機會分配不均這種事很常發生，如果每個都要查一查，那也太浪費時間了。

「林澈是董老闆的人，我以前欠過他人情，替他關照一下不過分吧。」梁學鈞一邊走進專用電梯一邊說。

「我之前就想問了，董老闆和我們根本不是一個圈子的人，你們到底怎麼認識的啊？」

還可以欠下人情，感覺就是個很不得了的人物。

「一開始是透過共同朋友認識的，吃過幾次飯，覺得這人滿豪爽也滿好相處的，就交換了聯絡方式。」

梁學鈞摸了摸下巴，像是想起了什麼，嘴角微微勾起。

「後來嘛，你知道的，我家那位和家裡關係一直不好，那時候我們剛離婚不久，他爸氣炸了，各方面處處找他麻煩。之後因緣際會下，我才知道董老闆的公司和他家裡的產業有滿深的關係，就請董老闆幫了個忙稍微牽制一下，讓森森他爸沒有多餘的時間找他麻煩。」

梁學鈞和他家那位作家先生趙律森，當年的恩恩怨怨愛恨糾葛也是鬧得滿城風雨。

當初梁學鈞為了把人追回來，費盡了不少心思，透過各種關係找人幫忙，才終於得以擁有現在的風平浪靜。

只是 Roy 沒想到，他這個關係扯得還真的是挺遠的。

「知道了。」Roy 嘆了口氣，隨著梁學鈞的腳步一同步出電梯，「關於王勁復那裡，我會再多留意。」

「對了，蕭臨曦出國大半年一直沒有要回來的意思，Mia 少了他以後手上好像也沒再多其他人，乾脆先把林澈轉給她帶吧。」

梁學鈞點點頭，隨即又道。

「嗯，我再交代下去。」

林澈沒把今天的事告訴董傅奕。

一來他根本就沒打算聯絡那個什麼曹老闆，二來董傅奕人正在國外出差，昨天才上飛機出發，這種事在電話裡又說不清楚，就不想提了。

晚上洗過澡後，林澈抱著棉被趴在枕頭上，架著手機和董傅奕視訊。

董傅奕那頭是白天，天光大亮的。

林澈看著小小的手機螢幕裡，端著咖啡杯朝著他笑的男人，忍不住伸出食指，對著螢幕上的笑臉戳了幾下。

兩個人悉如平常地閒聊了幾句，董傅奕注意到林澈有些懨懨的樣子，便問他：「是不是很累了？要不要先去睡覺？」

「沒關係，可以再聊一下。」林澈打了個呵欠，懶洋洋地應道。

「明天行程比較滿，可能會忙到很晚，不一定有時間跟你視訊了。」

「是不是體會到我當初獨守空閨的感覺了。」

董傅奕低笑了聲，也用手指蹭了蹭冰冷冷的手機螢幕，「想我了嗎？」

「嗯。」林澈閉了閉眼，把懷裡的棉被抱得更緊。

「想你了，你什麼時候回來啊？」

董傅奕被林澈坦然的回應弄得一怔，旋即意識到他大概是太想睡了，可能連自己說了什麼都不清楚。

他笑了笑，回道：「順利的話後天就回去了。要不是行程排得很緊，你又沒空，不然真想把你一起帶過來，還可以順道玩幾天。之前說要帶你出去走走，一直都還沒排上時間。」

「等這部電影拍完，應該會有一段假可以放，到時候再安排吧。也不急，反正我又不會跑掉。」

林澈又打了個呵欠，聲音也越來越小，像是自言自語一般，字句都含在嘴裡。

「真希望你也不會跑掉……」

林澈最後一句話實在太小聲了，又是隔著手機，董傅奕自然沒能聽清。

不過他也沒有在意，聽著電話那頭趨於平穩的呼吸聲，和那再也張不開的眼皮，眉目溫柔地看了幾分鐘，才輕輕道：「晚安，林小澈，好好睡。」

董傅奕是在回國後的一場聚會上，才偶然得知林澈又有事情瞞著他。

那場聚會是梁學鈞邀約的，沒有人攜伴，就幾個朋友聚在一起吃個飯，喝喝酒聊聊天，順道提前送一下端午節賀禮。

飯吃到一半，梁學鈞端起酒杯，向前來赴約的幾個朋友敬了一杯。

目光對上董傅奕的時候，才突然想起什麼一般，問他：「話說回來，你家裡那位有沒有跟你提要換經紀人這件事？」

董傳奕歪了下頭，旋即搖了搖腦袋，「沒聽說。」

「他原本那個經紀人心術不正，之前有個電影公司的老闆對你家林澈有興趣，透過那傢伙想牽個線。」

梁學鈞聳了聳肩，坐回自己的位子上。

「不過林澈拒絕了，還主動來問我能不能換經紀人。」

「換掉。」董傳奕心下一沉，立刻回道。

「換了換了。」梁學鈞笑笑，眼神順勢掃過在另一頭喝著悶酒的某位林總。

「反正蕭臨曦也不知道什麼時候回來，我就先讓他原本的經紀人去帶林澈了。」

一聽到蕭臨曦的名字，林至鑫的眉心狠狠一擰，握著酒杯的手指攥得很緊。

他本來就是為了探聽蕭臨曦的消息才來的，誰知什麼消息都沒打探到，還要被這麼刺上一記。

林至鑫悶悶地「哼」了一聲，仰頭又灌進一大口酒。

聽了梁學鈞的話後，董傅奕的臉色才稍微緩和下來，但仍有些不大高興，心想怪不得前陣子自己出差，和林澈視訊的時候總感覺他心情好像有點悶的樣子。

只是問了幾次，那傢伙都只說工作有點累，對這事一句話都沒有提。

那個小騙子，上次還說不想有事瞞著他，結果轉頭還不是什麼事都悶在心底，回去真該好好打一下他的屁股，讓他長長記性。

董傅奕悶頭喝了杯酒，辛辣的酒液滑過喉嚨，一想到自己不在的時候，他家林小澈被別的人覬覦，心頭就堵得發慌。

「那個沒長眼的傢伙，什麼來歷？」董傅奕重重扣下空酒杯，讓一旁的服務生再次替他斟滿一杯烈酒。

梁學鈞和那個曹老闆也不算熟，大概講了幾句，末了有些故意地問董傅奕。

「不過說起來，林澈跟著你的時間也不算短了吧，占有欲還這麼重。怎麼，還沒膩嗎？」

「膩什麼？」董傅奕皺眉不解，「他這麼好，我為什麼會膩？」

梁學鈞了然地勾起唇角，對身旁其他老闆投以一種「你們看吧」的眼神。

結論。

「一定是你們家的小情人都不夠好，才會很快就膩。」董傳奕不以為然地下了

「我們家林小澈好得很，上得了廳堂下得了廚房，連我媽都很滿意。」

包廂裡有片刻的靜默，所有人包含原本只低頭喝自己的林至鑫，無不抬起頭來，用很微妙的眼神看向他。

「你還帶他回去見家長啊？」一陣沉默過後，某個老闆率先開口問道。

董傳奕理所當然地點頭，「去年電影剛拍完就帶他回去過了，今年過年的時候也是帶他跟我媽還有家裡阿姨一起過的。」

周圍幾個人面面相覷，董傳奕才後知後覺嘗出其中的不對勁，反問道：「你們難道都不會帶回家嗎？」

除了早已浪子回頭的梁學鈞以外，其餘人齊齊搖頭。

「別說不會帶回家了，」席間其中一位陳老闆開口，「平常根本也不會住在一起。想做點什麼的時候才會去找人，每天忙得要死，哪還有心力天天應付他們。」

「是啊是啊。」另一位黃老闆應和道。

「養情人就是圖個紓壓，天天見不煩嗎？再說了，像我們這種身分，總歸還是得順應局勢和門當戶對的對象結婚，現在不過就是趁著還有時間還有本錢，玩玩罷了。看看林總，當初寵蕭臨曦寵得要命，轉頭還不是和別人訂婚了。」

「閉嘴。」被點到名的林至鑫手緊緊握拳，咬牙惡狠狠地罵了一聲。

「訂個屁，根本就沒訂成。我一回國就發現那傢伙把房子賣了，人還跑了，誰他媽還有心思訂婚！」

後來話題莫名其妙就偏了，幾個大老闆開始攀比起自己養的小情人，哪一個更乖、哪一個更聽話、哪一個床技更好。

董傅奕安靜地邊喝酒邊聽他們聊，越聽越覺得，果然還是他們家林小澈最好。

既不會爭風吃醋……雖然他身邊也沒有別的人，在床上又夠主動……雖然他們的頻率也不是很高。

還會為他下廚、幫他準備便當，替他燙襯衫、繫領帶，甚至去各個地方工作時，看到什麼感覺符合他喜好的東西，無論價格再高，也會買下來當禮物送他。

哪裡還有比林澈更貼心懂事的情人了？

「都別吵了。」彼時董傅奕已經喝空了四杯烈酒，臉色漲紅，腦袋也微微發暈。

他放下酒杯，猛然站起身，動作大得差點帶翻椅子。他搖搖晃晃地轉過身，拿起掛在椅背上的西裝外套，大著舌頭語帶幾分炫耀道。

「這件，二十多萬，林澈去年送我的生日禮物，還是拿他自己的片酬買的。」

然後他又扯了一下掛在脖子上已經有些鬆垮的領帶，「這條三萬多，也是林澈買給我的。」

之後依序是襯衫、袖釦，要不是一旁的梁學鈞出手阻止，董傅奕甚至差點腦子一熱，就要解開皮帶拍到桌上。

「除了買菜，他幾乎沒怎麼花過我給他的錢。」

董傅奕一屁股坐回椅子上，又端起重新斟滿的酒杯喝了一口，然後掰著手指數。

「你們看，既會下廚、又不隨便亂花錢，還會自掏腰包買禮物討我歡心，我們家林小澈排第二，就沒人能排得上第一。」

眾人又是一陣沉默。

「我說……」作為一個有夫之夫，從他們開始攀比情人的時候就一直沒插話的梁學鈞微微勾起嘴角，「你們不覺得，好像哪裡怪怪的嗎？」

董傅奕腦袋混混沌沌的還沒反應過來，就聽旁人連連應聲「是啊，真的很奇怪。」

他眉頭又皺了起來，問：「哪裡奇怪了？」

「你和林澈這種相處模式，一點也不像金主和情人間的交易關係。」

梁學鈞摸了摸下巴，語氣淡然地像只是在闡述一個普通的事實。

「反倒比較像在……談戀愛。」

董傅奕猛地一愣，喃喃地重複梁學鈞的話：「談戀愛？」

「嗯，而且你剛剛完全就是一副在秀恩愛的模樣。」梁學鈞點頭。

酒精使人思緒變得遲鈍，「談戀愛」三個字不斷在董傅奕腦海裡迴盪。

他不是第一次聽到類似的話。第一次帶林澈回家的時候，董母就問過他林澈是不是他男朋友，又說喜歡要好好把握。

那時董傅奕的確是存著想看看帶男人回家董母會有什麼反應的心態，其他的並沒有想那麼多，儘管那個時候，林澈在他心中的分量好像就已經有些許不一樣了。

而再後來的一切都是如此合理又自然。

他們生活在一起，相互陪伴照應、分享彼此的所見所聞，偶爾也會為了無聊鎖碎的小事爭執鬥嘴，又很快會有一方退讓和好。

董傅奕一直嚮往有天能擁有自己的家，不是一棟空蕩蕩的房子，而是有人氣、有溫度、有個人陪伴的家。

在有了林澈以後，那些曾經的嚮往忽然就變得相當稀鬆平常，讓董傅奕在不知不覺間習慣了這一切，並理所當然地認為生活本應如此，而林澈也理所當然地應該在他身旁。

見董傅奕突然就陷入了沉思，梁學鈞斜傾酒杯和他的碰了碰，問：「怎麼，悟了？」

清脆的碰杯聲稍稍喚回董傅奕的神智，他側過頭，泛著血絲的眼眸看著梁學鈞似笑非笑的表情，心底頓時有種豁然開朗的感覺。

他「嘖嘖」兩聲扯開了笑，又抓了抓頭髮，感慨一般道：「果然是太久沒談戀愛了，都快忘了是這樣的滋味沒錯。」

會想無條件地對他好、想保護他，想熱烈索求、想溫柔占有，想讓所有人都看到他的好，又想要他的每時每刻都只屬於自己。

想有一個家，更想給他一個家。

思緒一旦有了破口，很多當時忽略的、沒留意的細節一時間傾巢而出，統統都變得有跡可循了起來。

「是我錯了，我不該拿他跟你們的比。」

董傳奕坐姿慵懶，手指無意識地摩挲著平滑的杯緣，眼睛微瞇，嘴角上揚的弧度越發鮮明。

「定位不一樣，沒什麼好比的。」

「那倒是可以跟我家的比，定位差不多。」梁學鈞半開玩笑地說，一邊替董傳奕倒酒，「不過我家掌廚的是我，我可捨不得森森下廚。」

「那是你不懂。」董傳奕搖搖頭，笑得有些得意。

「每天辛苦工作，回家看到愛人做的一桌子熱騰騰的飯菜，嘖，就是香。」

「呿，才剛悟呢就愛上了。」一直處在低氣壓的林至鑫不齒地翻了個白眼，「你在這裡自我感動，人家說不定根本不喜歡你。」

董傅奕不惱也不跟他計較，意識雖然逐步被醉意侵襲，但在碰到和林澈相關的事情時，他還是能維持清晰的條理。

「他要是不喜歡我，大可以拿錢辦事、做做表面功夫就好，還用得著自掏腰包買禮物討好我？要是不喜歡我，會在我公司人手不足的時候，二話不說也不要報酬就來幫忙救火？」

董傅奕撐著通紅的臉頰，接著往下說。

「他知道我喜歡吃紅燒牛腩，拍電影的時候特地找空檔向跟著劇組的專業廚師學了回來弄給我吃；知道我喜歡顏色亮的東西，去外地拍戲的時候都會特別留意，覺得我會喜歡的就買回來送我。」

話匣子像開了一樣，董傅奕一邊說，一邊回想著林澈為他所做過的一切，一舉一動雖不曾言明，卻明顯透著滿滿的包容、重視、特別……

還有喜歡。

董傅奕撐著腦袋的手慢慢滑落，眼皮也不知不覺闔了起來，周圍的起鬨喧鬧聲離他越來越遠。

一片黑暗之中，他只依稀聽見今晚臨出門前，林澈在家門口送他的時候，和他說的那句「路上小心、早點回來」。

薄薄的嘴唇無力地張動幾下，在無人聽得見的臂彎間，董傅奕含糊呢喃：「我的林小澈……是世界上最好的……」

第12章

CULTIVATION METHOD
OF ATYPICAL LOVER

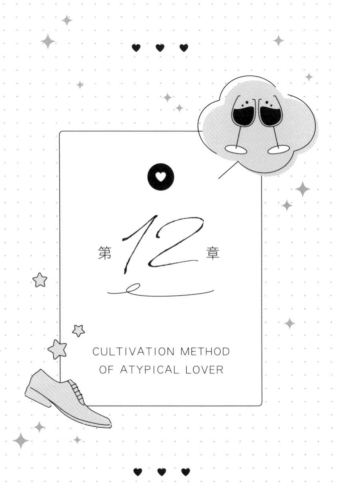

大晚上的，林澈無預警接到梁學鈞電話的時候，內心相當驚愕。

而在對方告訴自己董傅奕醉得不省人事、要他去接一下時，驚愕很快變成了擔憂。在問清地址後，立刻換了身衣服趕了過去。

不到半小時林澈就搭車到了梁學鈞告訴他的餐廳，一眼就看到被兩個人攙扶著走的董傅奕，連忙上前去接。

林澈把董傅奕的一隻手搭到自己肩上，又攬住他的腰，讓他整個人的重量靠著自己。

一時間濃重的酒味竄進鼻腔，林澈皺了皺眉，下意識問：「怎麼喝這麼多啊？」

「因為高興吧。」一旁的梁學鈞聽見了，笑笑地替暫時沒有意識的董傅奕答道：「喝了快一瓶威士忌。」

林澈偏頭看著董傅奕紅通通的臉頰，愣愣地眨了眨眼，有些抱怨地小聲道：「高興也不能這麼喝啊……」

梁學鈞只是笑笑，轉頭和其他準備離開的朋友打過招呼，目光很快迎上不久前才在電話中說自己出來散步、正在對街等紅燈的自家先生，眉目瞬間又柔和了幾分。

「我家裡人來接了，你們也早點回去休息。」梁學鈞手插在口袋裡，面帶笑意地大步跨出步伐，又忽然一頓，回頭向林澈補了一句。

「對了林澈，董老闆挺好的。」林澈不明所以地抬起頭，疑惑地「嗯」了一聲，梁學鈞卻像沒聽見似地，很快就和另一個人影並肩消失在街頭。

林澈費了很大的力氣，好不容易才把喝得爛醉的董傅奕弄回家。他把人放倒在沙發上，自己占據邊緣一小角喘了幾口氣。

正想起身替董傅奕泡杯蜂蜜水解解酒，才剛剛站起來，手腕就忽然被一把握住，嚇得他差點沒跌坐到地毯上。

「嚇死我了，你醒啦？」林澈回過頭垂下眼，正對上董傅奕一雙不知何時半睜開的眼眸，心有餘悸道。

「醒了出個聲啊，大半夜的，差點被你嚇出心臟病。」

興許是喝醉了，董傳奕握著他的力道並不算大，掌心乾燥溫熱，圈著林澈的手腕有一下沒一下地捏。

林澈順勢蹲了下來，揉了揉董傳奕發熱的臉，還沒來得及開口，就聽對方嗓音乾啞地說了一句：「小騙子……」

林澈一愣，不明白董傳奕怎麼會突然這麼說。

「還說不想有事瞞著我，騙子……」董傳奕無力地扯了下林澈的手，想把人往自己身上帶。

「被欺負了也不說，我不是你的靠山嗎？」

林澈不曉得董傳奕又是在演哪齣，哭笑不得道：「我是又被誰欺負了啊？」

董傳奕眼睛又閉了起來，手卻執著地抓著林澈不肯放。

「你那個經紀人……還想讓你去陪別人，當我死了嗎？」

林澈心裡一跳，終於明白董傳奕在說什麼了，心跳不由自主地加速了起來。

他張了張嘴，明知道對方現在醉得無法溝通，還是忍不住微微傾過身，下巴抵在董傅奕的胸膛，小聲提問。

「你……不想我去陪別人啊？」

然後他看見董傅奕的喉結來回滾動一周，圈著他手腕的那手忽然很用力地扯了一下，等林澈回過神來時，自己已經用一種不是很好看的姿勢趴到了董傅奕身上。

董傅奕的雙眼重新睜開，眼球布滿了血絲，距離極近地直直盯著林澈的臉，半晌過後，他啞聲開口。

「你是我一個人的，林小澈，我一個人的。」

林澈心口鼓譟，貼著董傅奕的胸膛，久久反應不過來。

他一直盡可能地克制自己，儘管董傅奕對他再好、態度再曖昧，還是只敢把自己擺在情人的位置，不敢奢望太多。

直到這一瞬間，林澈先前所有的糾結忍耐，統統變成薄薄的和室門紙，隨著董傅奕滿含占有欲的一聲「你是我一個人的」，一戳就破。

他低下頭，鼻尖對著董傅奕的頂了頂，帶著一點期盼、一點不自信、一點自我懷疑，小小聲地、很不確定地問了一句：「你也可以是我一個人的嗎？」

然而他等了許久都沒有等到答案，董傅奕始終沒有說話，只是靜靜地看著他，像是醉得不輕而沒有聽懂他的問題。

林澈有些自嘲地扯了下嘴角。

剛想從董傅奕身上爬起來，卻突然毫無防備地被扣住了後頸，還來不及反應，唇舌就被那帶著濃烈酒味的熟悉氣息蠻橫占據。

醉酒的董傅奕吻得毫無章法，只知道一味地占有索求，非把林澈的嘴唇都咬腫了、唇齒間嘗到淡淡的血味，才終於肯放開他。

林澈抵著董傅奕的額頭粗喘著氣，眉眼間從來都藏得不算好的情意再也掩飾不住。

仗著董傅奕現在喝醉了，意識不清楚，換了個方式又再問一次：「你也是我一個人的，好不好啊？」

這回董傅奕答得很快，輕輕地親了下林澈的嘴唇，說：「好。」

醉酒的董傅奕黏人得要命，在應了那聲好之後，他又纏著林澈親了老半天，還得寸進尺地捏著他的下巴，要他叫老公。

林澈根本沒在上床以外的時候叫過這麼膩人的稱呼，紅著臉叫不出口。

本來想含糊打混過去，把人哄回房裡，可是董傅奕卻異常執拗，非要聽到他這聲老公才肯乖乖回房。

林澈沒有辦法，掙扎了良久，才趴到董傅奕耳邊，語速極快地叫他：「……老公。」

董傅奕側頭在林澈臉上用力親了一口，又把臉埋進他的頸肩，滿足地笑道：「乖老婆。」

林澈的臉一下子彷彿更燙了幾度。

趴在董傅奕身上，林澈不曉得對方明天醒來後會不會記得自己答應了什麼，會不會記得今晚說過的每一句話。

不過他想，就算董傅奕記不得了也沒關係。

畢竟自己已經將剛剛短短幾分鐘的時間裡，董傅奕的每一字每一句、每一個動作、貼著他的體溫，統統都封存成最珍貴的記憶，深藏於心底。

因為知道自己的界限在哪，在外他們倆一般都很少多喝，董傅奕是不喝沒人灌得動他，林澈是喝了幾杯就會被擋下。

醉得這麼徹底的董傅奕，林澈一共就只見過兩次。

一次是他們初見那天，董傅奕也許無心卻狠狠地踩著他自尊的行為，讓林澈憋著一口悶氣把人灌醉。結果最後損人不利己，不但自己醉得吐了好幾次，大半夜的還得應付董傅奕的鬧騰。

那時候的林澈怎麼也沒想到，時隔一年多的現在，第二次見到爛醉如泥的董傅奕，一樣是大半夜跳起來衝進廁所吐了好幾次，自己卻心甘情願地耐心安撫。替他脫衣清理、扶著他刷牙漱口，又一小口一小口地餵他喝水，等人安穩睡著了，天也都快亮了，林澈才終於窩進董傅奕懷裡，閉上眼，很快就沒了意識。

董傅奕在隔天將近中午才悠悠轉醒，伴隨著宿醉的頭痛，他長長地「嘶」了一聲，按著腦袋坐起。

原本蓋在身上的薄被滑落下來，他偏頭一看，眼前的景象恍惚間和一年多前某個早晨重疊在一塊。

明亮的陽光從窗外灑落進來，為林澈赤裸的上半身鍍上一層微光。只是和那次稍微不同，林澈光裸的肩膀和脖頸上有幾塊明顯的齒印和吻痕，很明顯就是他昨晚搗亂留下的痕跡。

他搔了搔頭，心想當初還以為自己酒品很好，實際上根本不怎麼樣。沒有和上次一樣完全斷片，在陣陣頭疼中，一些昨晚的片段慢慢浮上腦海。包含他是怎麼抓著人不放、怎麼逼著他喊自己老公、又怎麼黏黏膩膩地叫人老婆。

向來臉皮挺厚的董傅奕難得有些不好意思，坐在床上傻笑了幾分鐘，才伸出手，用手背輕輕碰了下林澈的側臉。

因為擔心董傅奕睡一睡又不舒服爬起來吐，林澈這一覺睡得並不沉，在董傅奕的手剛碰上他的臉時就倏地睜開了眼。

「你醒啦？」林澈揉揉乾澀的眼睛、打了個呵欠，撐著床跟著爬了起來，開口就是問他：「頭會不會很痛？我去泡杯喝的給你。」

說著，他一邊伸懶腰一邊下床踩進脫鞋，臉都沒洗就走了出去。

董傅奕甚至一句話都沒來得及說，就眼睜睜目送林澈的身影消隱在半開的門外。他抹了把臉，那種被人放在心尖上的感覺，讓他眉眼間的笑意怎麼也降不下來。

林澈很快就端著一杯溫的蜂蜜水回來，董傅奕道謝著接過，仰頭一飲而盡，放下杯子後忽然很用力地抱了林澈一下，貼著他的頸側。

「先去刷個牙洗個臉，然後來我書房一趟。」

家裡的書房算是董傅奕的第二個辦公室，林澈很少進去，頂多在他加班開會、沒時間吃飯的時候送點東西進去給他吃。

對於董傅奕怎麼會突然叫他去書房，林澈還真的沒有半點頭緒。

花了點時間盥洗完後，林澈連睡衣都沒換，帶著滿腔疑惑直接進到了書房。早他一步梳洗好的董傅奕已經坐在辦公桌前，手裡拿著張紙。見他進來了，便放下手上的東西，拉了把椅子，示意林澈坐到他身邊。

林澈依言走了過去坐下。

「你還記得我們當初合約簽了多久嗎？」

待林澈坐定了，董傅奕目光直白地看向他，沒頭沒腦地拋出這麼個問題。

林澈微微一愣，隨即答道：「三年。」

「三年啊……」董傅奕摸著下巴，語氣有些感慨，「真快，都過快一半了。」

林澈抿了抿唇，摸不准董傅奕怎麼突然提起這個，只見董傅奕抽了支筆，在桌面那張紙上塗塗改改，不曉得在寫什麼。

林澈探頭看了一眼，這才注意到董傅奕拿的紙，正是當初他們兩方簽下的包養合約。

由於董傅奕規矩不多，當初簽的合約內容很簡單，也就薄薄的一頁紙而已。

「三年太短了，我想調整一下。」

董傅奕低著頭，邊動筆邊這麼說：「改成三十、不，三百年吧。」

「啊？誰活得到三百年啊！」

林澈本來還在忐忑董傅奕忽然拿合約出來要幹嘛，就被他突如其來的一句話驚得呆了，腦袋都空白了一片。

董傅奕悶笑了幾聲，繼續在紙頁上修改。

「我們商量一下。」紙上的字太小，林澈瞇著眼也看不清董傅奕到底改了什麼，只好撐著雙頰，試探性地開口。

「你想改多長都沒關係，但能不能……不要再給我錢啦？」

「嗯？為什麼？」董傅奕放下筆，疑惑地看向他。

「徐一洋家也都是老婆在管錢的，我學妹管得很有心得呢。」

林澈張張嘴，這次只遲疑了短暫幾秒，終是將上次沒能脫口的那句話說了出來。

「我又不是你老婆……」

「怎麼會呢。」董傅奕嘴角一揚，故意道：「我昨天晚上喊你老婆的時候，也沒見你反駁啊。」

這下林澈是真的傻住了，微張的嘴唇動了動，半天才吐出一句：「你都記得啊……？」

董傅奕笑著「啊」了一聲，把手上改好的合約推到林澈面前。

「如果你是覺得一個大男人當老婆很奇怪，那也沒關係，我們可以折衷一下，你先當我男朋友，然後再慢慢考慮結婚的事情。」

林澈的心跳得飛快，明明董傅奕講的每一個字他都聽得懂，合在一起卻不可思議得不真實。

他以為昨晚就已經像身處在夢境一般脫離現實了，可是現在分明清醒的董傅奕卻看著他，語帶笑意地要自己當他男朋友，還說什麼慢慢考慮結婚的事情，比作夢還讓人難以置信。

陣陣強烈的悸動中，林澈無措地低下頭，正好對上董傅奕剛剛推過來的那張紙。

上頭塗改的地方不少，期限那處更是直接被劃掉，寫上一個他們根本活不到的年份，林澈在混亂中忍不住嘟囔著吐槽：「一百年都活不到了，還三百年……」

「只是個數字罷了。」董傅奕轉著筆，笑著說。

「要表達的是，林小澈，我想和你過一輩子。」

林澈咬著下唇的牙齒稍一使力，鈍痛感讓他認清自己並不是在作一場醒過來會很遺憾的美夢。

「我……」看著原本寫著《包養合約》的標題，被黑筆劃掉改成《愛家合約》，林澈的眼角微微發酸，指尖很輕地發著顫。

「修改過的合約需要雙方都重新簽過名才能生效。」

董傅奕把筆塞到林澈手裡，語氣溫柔而堅定。

「你願意，我知道你願意的林小澈。你給了我一個我一直嚮往的家，給了我家人間應該要有的包容和關懷，現在我正式告訴你，我想和你永久經營這個屬於我們的家。你只要簽下名，以後就再也不用忐忑害怕，我永遠不會趕你走，這裡永遠是你家。」

最下面董傅奕已經在舊的簽名處下方押了個新的簽名，右邊那欄則是一年多前，林澈帶著一點不甘不願和妥協簽下的潦草字跡。

他吸了吸鼻子，拔開筆帽，在董傅奕新的簽名旁邊，也重新落了款。

這原是一場始於將錯就錯的包養遊戲，走著走著，不知不覺間誰都付出了真心，誰都動了真情。

也幸而他們都動了真情，方能在彼此坦白心意後，毫無顧忌與猶豫地，攜手相伴、步至終局。

——《非典型戀人養成法》完

——《非典型戀人養成法》全系列完

後記

CULTIVATION METHOD
OF ATYPICAL LOVER

初次以商業誌的形式見面，我是OUKU！

說來真的很巧，年初的時候和現充妹妹一起逛誠品，很隨口地問了她一句：「如果有一天妳在書店看到我的書，會不會覺得很酷？」結果過沒一個月就收到了出版社的邀請。

總而言之還是很感謝朧月這次的邀約，對我來說真的是一個相當酷的機會，寫了這麼多年，從二創寫到原創，從來沒想過自己有天真能夠出版一本商業作品。

一直很想試著寫一篇全文沒有明確告白，沒有提及「我喜歡你」、「我愛你」，但依然能從角色互動中看出彼此對對方的情愫，進而慢慢走到一起的故事。

當然這篇主要還是以輕鬆向為主，輔以兩人逐步明朗的感情，董老闆嚮往一個家，也許當初遇到的不是林小澈，而是同樣也能給他家的感覺的其他什麼人，那也不會有接下來的故事發展。

但他遇到的，剛剛好就是林澈。

感情沒那麼複雜，很多時候都是一個剛好，兩個人剛好遇到彼此，剛好都在彼此身上找到自己想要的，剛好動心、剛好頓悟，也剛好都想和對方走過一輩子。

這是篇很簡單的故事，沒有太多彎繞轉折，但依然希望這篇簡單的故事多少能為大家帶來一點娛樂。

最後還是要再次感謝朧月給了我這次出版的機會，同時一圓我能和MN老師合作的夢，MN老師的圖真的是太太太太太好看了QQ！！！！！

也謝謝閱讀至此的你，期待未來有機會能再以不同的作品和大家見面！

OUKU 2021秋

高寶書版集團
gobooks.com.tw

FH009
非典型戀人養成法

作　　者　OUKU
繪　　者　MN
編　　輯　薛怡冠
校　　對　林雨欣
美術編輯　林鈞儀
排　　版　彭立瑋
企　　劃　李欣霓、黃子晏

發 行 人　朱凱蕾
出　　版　朧月書版股份有限公司
Hazy Moon Publishing Co., Ltd
地　　址　臺北市內湖區洲子街88號3樓
網　　址　www.gobooks.com.tw
電　　話　(02) 27992788
電　　郵　readers@gobooks.com.tw（讀者服務部）
傳　　真　出版部　(02) 27990909　行銷部 (02) 27993088
郵政劃撥　50404557
戶　　名　三日月書版股份有限公司
發　　行　英屬維京群島商高寶國際有限公司台灣分公司
Global Group Holdings, Ltd.
初版日期　2021年11月

國家圖書館出版品預行編目(CIP)資料

非典型戀人養成法/OUKU著.-- 初版. -- 臺北市：朧月書版股份有限公司, 2021.11-
面；　公分. --

ISBN 978-986-0774-43-6(平裝)

863.57　　110015741